無限のスキルゲッター！ 2

毎月レアスキルと大量経験値を貰っている僕は、異次元の強さで無双する

ALPHA LIGHT

まるずし
maruzushi

JN095766

アルファライト文庫

フラウ
どこか抜けているエルフの冒険者。テンションが上がるとすぐ気絶《きぜつ》してしまう。
ソロル
凛々《りり》しいアマゾネスの女戦士。ユーリの強さに惚《ほ》れ込んで仲間となる。
ユーリ
神様の娘を救ったお礼に毎月倍々の経験値を貰《もら》えるようになった本作の主人公。無限の経験値とスキルでのんびり最強を目指す。
ルク
伝説の幻獣『キャスパルク』。モフモフで可愛《かわい》らしい見た目だけど超強い。

登場人物紹介
イザヤ
『剣聖』の称号を持つ青年。剣技において彼の右に出る者はいない。
スミリス
『聖女』の称号を持つ少女。勇者パーティの良心。
テツルギ
『大賢者《だいけんじゃ》』の称号《しょうごう》を持つ青年。気さくなムードメーカー。
リノ
ユーリの幼馴染《おさななじ》み。妙に感覚が鋭《するど》いことを除《のぞ》けば、普通の心優《やさ》しい少女。
メジェール
伝説の称号『勇者』を持つ少女。ユーリにただならぬ力と運命を感じ、行動を共にする。
フィーリア
ユーリの住むエーアスト国の王女様。なぜかユーリを慕《した》っている……病的《びょうてき》なまでに。

第一章 アマゾネス村

1. 守護天使誕生《たんじょう》

僕、ユーリ・ヒロナダは一度死んだことがある。

凶悪《きょうあく》なドラゴンによって命を奪《うば》われた女神様《めがみ》を救うために、『神授《しんじゅ》の儀』という儀式を通じて授《さず》かったスキル、『生命譲渡《サクリファイス》』を使ったのだ。

『生命譲渡《サクリファイス》』は自分の命を犠牲《ぎせい》にして、他者を生き返らせるという能力である。一生に一度しか発動できない超レアスキルを使った僕は、その代償《だいしょう》として死んだ――はずだった。

だが、女神様の父親……つまり神様の計《はか》らいによって、僕は奇跡《きせき》的に生き返った。しかも、毎月倍々の経験値をもらえるという素晴らしい加護《かご》付きで。

最初は1しかもらえなかったのだが、月日が経《た》つごとに経験値はどんどん増えていって、今では億を超《こ》える経験値を授かっている。

僕にはさらにもう一つ、ありがたい加護を授けてもらった。毎月一度だけ、ランダムに出てくる超レアスキルを経験値で取得できるというものだ。

この二つの加護を活用して際限《さいげん》なく強くなれるようになった僕は、悠々自適《ゆうゆうじてき》な冒険者生活を送る気でいたんだけど……とある事件によって大きな戦いに巻き込まれてしまう。

謎《なぞ》の存在——恐らくその正体《しょうたい》は悪魔であろうヴァクラースとセクエストロ枢機卿《すうききょう》に、愛する母国エーアストを奪われたのだ。

ひょんなことから行動を共にしていた僕と、幼馴染《おさななじ》みのリノ、エーアストの王女であるフィーリア様は辛《から》くも彼らの魔の手から逃《のが》れた。

こうして、僕らの逃亡者生活が始まったのだった。

国を脱出する前、僕は牢《ろう》に投獄《とうごく》されていた。しかし幸いなことに、アイテムボックスは所持者当人にしか開けないので、捕《つか》まっても中身は没収《ぼっしゅう》されなかった。

おかげで、想定外の事態で野に飛び出したにもかかわらず、サバイバルに困ることはない。冒険者活動に使う必需品《ひつじゅひん》は、一通りアイテムボックスに入れてあったからね。

残念ながら『炎の剣』などの装備《そうび》していたものは全部没収されちゃったけれど、それは仕方ない。念のため予備の装備を持っていたので、現在僕たち三人はそれを身に着けている。

『炎の剣』をもう一度作ることは可能だが、それには大量のMPを消費するので、今は作るのを保留にしている。いざというときに、MPがないと困るからだ。

ちなみに、お金に関してはかなりの金額を持っている。ただ、こんな状況ではいくら持っていても無意味だな。せっかく稼《かせ》いでおいたのに……

とりあえず、差し当たっての問題は食料だ。

一応、携帯食《けいたいしょく》はたくさんあるのだが……まあ美味《おい》しくない。栄養は問題ないんだけどね。

それと、真夜中に適当な方向へ全力で逃げ出したので、自分たちが今どこに向かっているのかも正確には分かっていない。

危険を回避《かいひ》するためにも、自分たちのいる場所を把握《はあく》しておきたいところ。

日の出の位置などから推測《すいそく》するに、隣国《りんごく》アマトーレの方角へ向かっている……と思う。

エーアストはこの世界の最南東に位置する国で、その北にはファーブラ国、北西にカイダ国、そして西にアマトーレ国が存在している。

アマトーレは一応エーアストから一番近い国だが、それでも歩くにしてはかなりの距離《きょり》だ。

しかし、僕たちには進む以外の選択肢がないので、このまま行けるところまで行ってみるしかない。

「どうですかリノさん、誰か人の気配は感じますでしょうか？」

歩きながら、フィーリア王女様がリノに尋《たず》ねた。

「ううん、ぜぇーんぜん探知《たんち》できない。見渡す限り無人の荒野《こうや》ね」

忍者の職業に就《つ》いているリノは索敵《さくてき》や諜報《ちょうほう》系のスキルに長《た》けている。彼女が持つスキル

『超五感上昇《スーパーセンシティブ》』で、辺りの様子を探《さぐ》ってもらいながら僕たちは進んでいる。

これは五感が超人的に鋭《するど》くなるスキルで、そこそこ距離が開いていても、人間が発する微《かす》かな音や匂《にお》いなどを感知できるのだ。

さらに遠方まで見通せる『遠見《とおみ》』のスキルも併用《へいよう》してもらっているんだけど、未《いま》だ人間を発見することができないでいる。


結局僕たちは日が暮《く》れるまで歩き続け、状況は何も進展せずに一日が終わってしまった。

夜は僕の『魔道具作製』スキルで作った簡易《かんい》テントにて寝泊まりする。もちろん、男女別々にだ。

就寝中《しゅうしん》モンスターに襲《おそ》われないよう、『魔道具作製』スキルで『感知魔鈴《エネミーセンサー》』を作って設置してある。僕たち以外の存在が近付いてくると、このアイテムが小さな音を鳴らして報《しら》せてくれるのだ。

テントの中はそれなりに過ごしやすいが、いかんせんその場しのぎの道具なので、ふかふかのベッドのある宿屋とは比ぶべくもない。

よって、寝心地《ねごこち》はイマイチであり、移動の疲れは日々溜《た》まっていってしまう。

一応テント内は魔法処理されているので、外気温に左右されず、快適な温度を保てるのはありがたいけどね。

◇◇◇

そんな旅を続けること数日。

自分たちが考えているよりも方向がズレているのか、街道すら見つけられずに、今日も僕たちは彷徨《さまよ》い歩いている。

まあ見つけたところで、追われている身の僕らとしては、安易《あんい》にその道を歩くこともできないのだが。

「ふう～……正規《せいき》の街道じゃないと、ホントになかなか人って出会えないのね。もう六日も経つのに、まったく人の気配がないわ」

疲れたようにリノが呟《つぶや》いた。

「お腹《なか》も空《す》きましたわ……」

気丈《きじょう》なフィーリア王女様も、満足に食事もできない状況が続いて弱音《よわね》を吐き始めた。むしろ、ここまでよく頑張《がんば》っていると思う。

不味《まず》い携帯食を大事にかじりながらさらに何日か進んでいくと、ある日空をバタバタと飛ぶモンスターと遭遇《そうぐう》した。

全長およそ四メートルの魔鳥《まちょう》――コープスイーターだ！

それが数羽、こちらへぎこちなく羽ばたいてきた。

コープスイーターは、死んだ旅人などの身体《からだ》を食い漁《あさ》る飛行型モンスター。飛ぶのがあまり得意ではなく、今も低空を舞っている。

コープスイーターは襲ってくるでもなく、僕たちの頭上を旋回《せんかい》していた。あそこで僕たちが死ぬのを待っているんだろう。

あの程度ならジャンプで到達できる高さだ。僕は『飛翔《フライ》』スキルを持ってないので、低空にいてくれるのはありがたい。

地上から遠隔《えんかく》攻撃する手段もないわけではない。ただ、失敗すると逃げられちゃうので、ここは接近して確実に仕留《しと》めることに。

久々の鳥肉を食べるためにも、慎重《しんちょう》に狙《ねら》いを定めて一気にジャンプ！

一瞬で上空に現れた僕に、コープスイーターたちは仰天《ぎょうてん》して飛び去ろうとするが、もう遅《おそ》い。

電撃のように剣を振るい、三羽まとめて斬《き》り落とした。

残りには逃げられたけど、これだけあれば充分。

いくつかの魔物は食用にもなることがある。このモンスターもその一種だ。主食が人の屍肉《しにく》というのが少し気になるところだけど、今はそんなことを言っている状況じゃない。

しっかりと体力を付けるため、獲《と》ったうちの一羽をリノの魔法で焼いて食べた。

いく。

「ホントですわ！　魔物がこれほど美味だなんて……」

リノも王女様も、コープスイーターが屍肉食であることを気にせずにどんどん食べていく。

空腹《くうふく》こそ最高の調味料。弾力のあるジューシーな肉を、みんな夢中になって口へ運《はこ》ぶ。

携帯食とは比較にならない美味な食料を、僕たちは充分堪能《たんのう》した。

食べきれなかった分と残りの二羽をアイテムボックスに収納し、僕たちは移動を再開する。

これでしばらくは食事に悩《なや》まされることはないな。

こんなサバイバル生活の合間、いざというときのために王女様も自分で身を守れるように訓練してみたら、なんと彼女は『属性魔法』のスキルを習得した。

王女様は神官系の魔法――つまり『神聖魔法』が向いてるんじゃないかと思っていたのに、魔道士が使う魔法のほうに適性があったとは……

しかも、リノよりも圧倒的に才能を感じる。まあそうは言っても、リノには結局、魔道士の才能が全然なかったんだけどね。

王女様はすぐに『魔術』と『魔力』のスキルも習得した。これはなんとも頼《たの》もしい。

ただ、王女様が魔法を使うとき、ちょっと怖《こわ》いんだよな……なんか狂気を感じる。

「ぐふふふ、跡形《あとかた》もなく消し炭《ずみ》にして差し上げますわ！」って感じで。

このまま魔法が上達していったら、どんな魔道士になるのか不安だ……

◇◇◇

日々僕たちは荒野を進み続ける。

道中コープスイーターと度々《たびたび》遭遇し、その都度《つど》ジャンプで仕留めていたら、僕のスキルボードに『飛翔《フライ》』のスキルが出てきた。

また、『暗視《あんし》』と『探知』スキルも現れている。毎夜監視《かんし》や警戒《けいかい》を怠《おこた》らなかったからかな。

もちろん、経験値を消費してこれら全てを取得する。

皮肉なことに、スキルゲットを目指して活動してたときはなかなか成果が出なかったのに、今では次々と有用なスキルを覚えていく。これは毎日死にもの狂いで過ごしているからだと思う。

やはりスキルを出現させるには、必死の思いが重要なんだろう。

ただ、スキルをゲットしたのはいいものの、現在ストックしている経験値が３００万しかなくなった。レベルを上げるのはあと回しだ。

経験値が尽《つ》きてしまうと、何かあったときに対応できなくなっちゃうからね。

しかし、経験値が300万しかない、なんて焦《あせ》ってるけど、本来は300万って結構凄《すご》い数字なんだよなあ……僕はたくさんもらいすぎて、完全に感覚が麻痺《まひ》しちゃっているようだ。

確か、冒険者の総取得経験値の平均が4～500万くらいのはず。300万経験値なんて、容易《ようい》には稼げない。

僕は取得したスキルを簡単に最大のレベル10にしているけど、それにかかる経験値は最低でも1000万を超える。よほど優秀《ゆうしゅう》な人でもない限り、基礎《きそ》スキル一つすらレベル10にできないのが普通だ。ましてやレアスキルとなると、レベル10にするのは不可能といっても過言《かごん》ではない。

自分がケタ外《はず》れに恵まれていることをもっと自覚したほうがいいな。

ちなみに、『飛翔《フライ》』は長距離の移動には向かない。飛行できる時間が短いからだ。

それと、浮遊力《ふゆうりょく》もそれほど強くないので、重い荷物を持って飛ぶことも難《むずか》しい。

つまり、僕は『飛翔《フライ》』を覚えたものの、リノと王女様の二人を抱《かか》えながら空を移動するというのは、ちょっと無理ということ。

川の向こう岸に渡る程度とかなら、多少重くてもなんとか可能だと思うが……

とにかく、二人を連《つ》れての長距離飛行は絶対に不可能だ。もしそれができれば、移動がだいぶ楽になったんだけどね。

アイテムボックスには生きている人間を入れられないため、リノたちを収納して運ぶという手段も取れない。結局、『飛翔《フライ》』はコープスイーターを獲るときか、上空から前方を確認するときにしか使っていない。

そんな調子で歩き続けているが、未だに旅人に出会うことはなく、そして当然隣国らしき景色も見当たらない。

まあ、馬車で街道を通っても通常一週間くらいはかかるしね。隣国に辿《たど》り着くのはまだまだ先になりそうだ。

そもそも正規ルートからだいぶ外れている可能性もある。このままでは、もはやいつまで歩き続けることになるのか想像も付かない。

せめて人と出会えれば、そこを足がかりに目的地までのルートを検討できるんだけどなあ……

◇◇◇

エーアストを離《はな》れ、ひたすら歩き続けて二週間。いつの間にか、神様から経験値がもらえる日になっていた。

経験値残量が少なくて心もとない日々を過ごしていただけに、まさに待ちわびた瞬間だ。

今回もらった経験値は５億３６００万以上。ストックしてあった３００万を加えると、５億４０００万ほどになる。

やはり、倍々にもらえる経験値に上限はなさそうだ。つまり、来月は10億を超える可能性も……？

とにかく、これでようやくスキルの強化ができる。

今回女神様から提示されたスキルは、『眷属守護天使《サーヴァント・ヴァルキュリア》』というSSランクのモノだった。

取得に必要な経験値は１０００万。もちろんすぐに手に入れた。

このスキルはちょっと効果が特殊《とくしゅ》だった。どんなものかというと、僕を直接パワーアップするのではなく、『眷女《けんじょ》』という従者《じゅうしゃ》を作ることで間接的に僕の能力の底上げをするらしい。

『眷女』という単語がどういう意味なのかは分からなかったが、僕には仲間がリノとフィーリアしかいない。そのため、二人にこのスキルの説明をして、協力を頼んでみた。

そうそう、何日も苦楽をともにしたことにより、僕はフィーリア王女を名前で呼ぶようになってしまった。まあ彼女が「フィーリアと呼んでほしい」と言ったからなのだが。

リノも、今は「王女様」ではなく「フィーリア」と呼んでいる。

ただし、フィーリアは僕を『ユーリ様』と呼ぶし、リノのことは『リノさん』と呼んでいる。彼女がそう呼びたいならそれでいいと思う。

さて、二人は僕の頼みを快諾《かいだく》した。というか、是非《ぜひ》『眷女』になりたいと言ってくれた。『眷女』にすることにより、どんな影響が出るか不安だったけど、二人とも僕を強く信頼してくれた。それで僕に迷《まよ》いはなくなった。

『眷属守護天使《サーヴァント・ヴァルキュリア》』を二人にかけてみると、劇的《げきてき》なことが僕たちの身体に起こった。

まずは僕だ。なんと、リノとフィーリアの持つ戦闘スキルや基礎スキルが、全て僕にも継承《けいしょう》されたのだ。経験値を使うこともなく、そのまま習得できた。

たとえば、リノの持つ『忍術』、『刃術《じんじゅつ》』、『隠密《おんみつ》』、『精密《せいみつ》』、『遠見』、『解錠《かいじょう》』などのスキル。そしてフィーリアの持つ『属性魔法』、『魔術』、『魔力』といったスキルだ。

僕は魔法をずっと習得できなかったが、これによって僕も『属性魔法』が使えるようになった。

いずれもレベル1だったが、嬉《うれ》しいことに経験値を消費してレベルを上げることは可能だった。さっそく経験値を約1000万使って、『属性魔法』のレベルを10まで上げる。

さらに、同じく継承した『魔術』と『魔力』スキルもレベル10にしたら、この二つが融《ゆう》合《ごう》して、『魔導鬼《まどうき》』という上位スキルに進化した。

『眷属守護天使《サーヴァント・ヴァルキュリア》』のおかげで、僕はあっという間に世界最強クラスの魔道士になれたわけだ。これで魔法に関しても、そう簡単に後れを取ることはなくなったと思う。

ちなみに、『魔術』の派生《はせい》スキルとして『連続魔法』と『高速詠唱《ショートカット》』というスキルも覚えた。『高速詠唱《ショートカット》』は魔法の詠唱《えいしょう》時間を短くできるという大変便利なスキルであるため、すぐにレベル10にした。これでレベル10までの魔法を高速詠唱できる。

『連続魔法』のほうはとりあえず保留だ。これは一度の詠唱で魔法を連続で放つことができるというスキルだが、現段階ではあまり必要性を感じなかった。

また、リノから継承された様々なスキルも、それぞれ経験値1000万使って全部レベル10にしてみた。すると、こちらもいくつかのスキルが融合された。

まず、『刃術』と『敏捷《びんしょう》』スキルだ。これらは『滅鬼《めっき》』という上位スキルに進化した。

それと、『忍術』と『隠密』は『冥鬼《めいき》』という上位スキルになった。

『滅鬼』は近接戦闘にめっぽう強いスキルで、『冥鬼』は暗殺系のスキルらしい。

こうしてリノたちから様々なスキルを継承したことで、僕の能力は飛躍《ひやく》的に強化されたのだった。

一方、『眷女』となったリノとフィーリアには、なんと称号らしき名が付いた。

リノが『妖王妃《ヘルムヴィーゲ》』という名で、フィーリアが『聖魔女《ロスヴァイセ》』という名だ。どうやらこの名前を与えられることが、『眷女』である証《あかし》のようだ。

さらに、僕の各ステータス値の5％が、彼女たちのステータスに加算されるようになった。

5％とはいえ僕のレベルは100なので、リノたちに加算される数値はなかなか馬鹿にならない。

しかも『眷属守護天使《サーヴァント・ヴァルキュリア》』のスキルレベルを上げると、加算される数値の割合も増えるらしい。つまり、今後は僕を強化することで、同時にリノたちの強化もできるということ。

なお、リノたちが『神授の儀』で授かったスキル――リノの『超五感上昇《スーパーセンシティブ》』やフィーリアの『聖なる眼』は、僕には継承されなかった。

『眷属守護天使《サーヴァント・ヴァルキュリア》』で継承できるのは、通常スキルだけみたいだ。それでも、このスキルがもたらしてくれる恩恵《おんけい》は非常に大きいが。

今後は僕のベースレベルを上げると、それに比例してリノたちのステータスも上がることになる。単純に僕のレベルを上げるだけでも、パーティ強化という観点では大きな意味を持つ。

そして恐らく、彼女たちが戦闘スキルや基礎スキルを覚える度《たび》、僕にもそれが継承される。僕たち全員がリンクしながら強くなれると思うと、かなり心強いスキルだ。

僕は残った経験値の使い道に悩んだが、経験値を3億以上使ってベースレベルを300まで上げた。

その僕のステータスのうち5％が、『眷属守護天使《サーヴァント・ヴァルキュリア》』によってリノたちに加算される。

このスキルがあれば、リノたちはステータス上げのためにベースレベルに経験値を使う必要はなくなるだろう。今後は経験値をスキルに全振りできるので、彼女たちの成長はグッと速くなるはず。

いいスキルを取得できて大満足だ。

ほか、レベル1のままだった『飛翔《フライ》』、『暗視』、『探知』をレベル10まで上げた。すると、『探知』が『気配感知』と融合して、『領域支配』という上位スキルに進化した。

これは周囲の索敵もさることながら、相手の殺意や敵意を鋭敏《えいびん》に感知できるようになるスキルらしい。このスキルがあれば、奇襲《きしゅう》や暗殺に対し、より迅速《じんそく》に反応できそうだ。不意打ちを喰《く》らうこともそうはないだろう。

ほかの能力強化に関しては、どこか安全な地に着くまで保留としておく。もしくは、必要に応じてその都度スキルレベルを上げる。

ということで、残り経験値約1億をストックして今回の強化を終えた。

◇◇◇

その日の夜。

テント内で就寝中、ふと異様な気配を感じて目を開けると、すぐそばにリノとフィーリアがいた。

「……ん？　な、なんだ!?　ちょ、リノ、フィーリア、こんな夜中にいったい何して……？」

「ちっ、起きちゃったわ！　もう少しで私の『金縛《かなしば》りの術』が完成したのに！」

「わたくしの『睡眠魔法《スリープ》』の効果が弱かったようですわ。やはり、もう少しレベルを上げてからやるべきだったのかしら？」

どうやら僕が眠《ねむ》っている間に入ってきたらしい。正直《しょうじき》、少々パニック気味だ。

いったん心を落ち着けて、この状況を整理する。

テントは『魔道具作製』スキルで作ったので、簡単には入ってこられない作りになっているんだけど、リノは『解錠』スキルを持っているため、それで強引に開けて入ってきたと思われる。

先日の『眷属守護天使《サーヴァント・ヴァルキュリア》』で『眷女』となったことでリノたちのステータスがアップしたので、『解錠』技術も上がったのだろう。

それにしても、『領域支配』を持つ僕のテントに忍《しの》び込むなんて、ホントただ者じゃないよ。

まあ『領域支配』は殺意や敵意に強く反応するので、相手に攻撃する意志がない場合は、そこまで感知能力を発揮《はっき》しないみたいだけどね。スキルレベルもまだ1だし。

「ユーリ、もうほかの国に行くのは諦《あきら》めて、私たちだけで暮らそう！」

「そうですわ、ここで子供をいっぱい作りましょう！」

「二人ともナニ言って……！」

「フィーリア、私がユーリを押さえつけてるから、もう一度『睡眠魔法《スリープ》』をかけて！」

「了解ですわ！　汝《なんじ》、宵闇《よいやみ》を迎《むか》え……」

リノが僕に飛びかかり、その間にフィーリアが魔法の詠唱を始めた。

フィーリアはまだまだレベルが低いし、こんな状態で『睡眠魔法《スリープ》』なんてかかるわけないでしょ！

「リノ、フィーリア、いいかげんにしなさい！」

僕は力ずくで起き上がり、二人をピシャリと叱《しか》りつける。

やりすぎたことに気付き、シュンと大人《おとな》しくなって正座する二人。

それにしても、フィーリアが『闇魔法』の『睡眠魔法《スリープ》』まで覚えていたとは。

恐らく、僕を状態異常にするため、こっそり練習していたんだろう。うっかり気付かなかったが、『眷属守護天使《サーヴァント・ヴァルキュリア》』の効果で、フィーリアの『闇魔法』は僕にも継承されていた。

僕を襲うためとはいえ、難しい『闇魔法』をこうも簡単に習得するなんて、その熱意と才能には心底感服《かんぷく》する。というか、どんだけ本気なんだよ！

『睡眠魔法《スリープ》』で僕を深く眠らせたあと、リノの持つ忍術『金縛り』で、僕のことを動けなくしようとしてたらしい。なんという危険な少女たちだ。

本来なら絶体絶命《ぜったいぜつめい》だったけど、先日僕はベースレベルを300にしていたので、レジスト能力も上がっていた。

おかげですぐ目が覚《さ》めて、危機一髪《ききいっぱつ》でピンチを回避できたのだった。

食糧問題が解消し、先日経験値をもらって精神的にも余裕ができたので、僕としたことがつい油断してしまった。

まったく、『金縛り』なんて喰らったら、いったい何をされることか……ホントにロクでもないことばっかり考える二人だ。早く『異常耐性』スキルがほしい……

「次こんなことしたら許さないよ！」

「やだユーリ、ごめんなさい、嫌いにならないで……！」

「わたくしも反省しますから、どうかお許しを……」

僕に釘《くぎ》を刺され、涙目になるリノとフィーリア。僕たちは逃亡者だというのに、緊張《きんちょう》感《かん》ってモノがないよなあ。

まあでも、こういう彼女たちだからこそ、こんな状況でも元気付けられている。

忘れないうちに、フィーリアから継承した『闇魔法』をレベル10にした。『闇魔法』はレベルアップに通常の倍の経験値が必要なので、ストックから2000万ほど消費し、残りは8000万。

フィーリアの行動は大変不純《ふじゅん》だが、おかげで『闇魔法』を習得できた。一応感謝しておこう。

2. アマゾネスの戦士

「ユーリ、何か感じる……多分人よ！　それも大勢いるわ！」

「ホントか、リノ!?」

ひたすら歩き続けてすでに三週間。リノの『超五感上昇《スーパーセンシティブ》』が、ついに人の気配を捉《とら》えたようだ。

辺りに都市や街は見えないので、小さな村とかだろう。

それでも、人がいる場所に辿り着いたのは大きな前進だ。

僕は『飛翔《フライ》』で飛び上がり、リノが感知したという方角を『遠見』スキルで確認する。

すると、前方の森の中に村らしき集落を見つけたのだった。リノの感知がなければ、そのまま通り過ごしてしまったかもしれない。

「村があった！　お手柄《てがら》だぞ、リノ！」

「ホント!?　じゃあユーリ、ご褒美《ほうび》にキスして！」

「リノさん、それはズルいですわ！」

フィーリアが即座に抗議《こうぎ》した。うーん、さすがにキスはちょっと……

「いや、ご褒美は別のモノで……」

「じゃあナデナデして！」

とりあえず、ムフーと得意満面な顔をしているリノの頭を撫《な》でる。

それを見たフィーリアが黒いオーラを出し始めたので、この旅をよく頑張ったということで、彼女も撫でてあげた。

長く過酷《かこく》な日々に耐《た》えられたのは、三人で力を合わせたからだ。改めて、本当に頼りになる少女たちである。囚《とら》われになっていた僕が助かったのもリノとフィーリアのおかげだし、二人には頭が上がらないな。

僕たちは森の集落に向かって、もう一踏《ひとふ》ん張り歩いた。


草木がビッシリと生《お》い茂《しげ》り、人の通るような道などまるでない森の中を、リノの『超五感上昇《スーパーセンシティブ》』を頼りに僕らは進んでいく。

幸い危険なモンスターとは遭遇せずに、目的の村へと到着した。

村の中には、自然を利用した原始的な作りの家屋《かおく》があちこちに建《た》ち並んでいる。

村人は少し前に僕たちの接近に気付いたらしく、武器を構えた十数人の衛兵らしき人が、わらわらとこちらへ歩み寄ってきた。

それが……なんと全員女性だ。しかも、ただ適当に武器を持っているという素人《しろうと》ではない。

鍛《きた》え上げられたその逞《たくま》しい肉体から、れっきとした戦士ということが分かる。ただ、全員『ビキニアーマー』という防具を着ていた。

『真理の天眼』で解析《かいせき》してみると、女性たちのほとんどがレベル60を超えていた。戦闘スキルや基礎スキルなどのレベルもなかなか高く、冒険者でいうとAランク相当の実力はあるだろう。

その中に一人、戦士とは違う少々年老《としお》いた女性がいた。恐らく村の代表なのだろう。

その老婆を真ん中に据《す》えて、女戦士たちは僕らの前に立ち塞《ふさ》がった。

当たり前だが、だいぶ警戒されているようだ。

どうしたものかなと思案《しあん》していると、はっと気付いたようにリノとフィーリアが話しかけてきた。

「ユーリ、彼女たちって、多分『アマゾネス』だわ！　ホントにいたのね」

「わたくしも聞いたことがあります。女性だけの村が存在すると……」

アマゾネスだって？　そういや学校の授業で習ったっけ。

確かアマゾネスは『神授の儀』を行わないので、神様から授かるレアスキルは持っていない。その代わり、幼少の頃から戦ってどんどん経験値を獲得《かくとく》しているので、高レベルを誇《ほこ》る一族なのだとか。

なるほど、確かに目の前の女性たちは、まだ若いのにかなりの高レベルだ。

「お前たち、どうやってこの場所を見つけた？」

老いた女性が、僕たちに質問をしてきた。代表して僕が答える。

「上空から、森の中にこの集落があるのを見つけたんです」

「なんと、空を飛べるということか……しかし、それでもよく村に気付いたな？」

確かにこの村は、たとえ空から見られても、そう簡単には発見できないように隠《かく》されている感じだった。リノの感知のおかげで、注意深く探《さが》すことができたのである。

「驚《おどろ》かせてしまって申し訳ありません。僕たちは道に迷っているだけなんです。ここで少し休ませてもらったら、すぐにまた出発しますので……」

とにかく、僕たちに敵意がないことをアピールした。

この村の位置が分かれば、その情報を頼りに他国へと向かうことができる。それにやっと人と出会えたんだ、ここで長旅の疲れを癒《い》やしたいところ。

しかし、こちらのそんな思いとは裏腹《うらはら》に、老婆は僕らを敵と判断したのだった。

「このめでたい『戦皇妃《せんこうき》』誕生の祝祭《しゅくさい》に、薄汚《うすぎたな》い男がやってくるとはな。己《おのれ》を不運と呪《のろ》うがよい……殺せ！」

そうだ、アマゾネスって、非常に好戦的という話だった。

それにしても、いきなり殺せとは……交渉《こうしょう》の余地《よち》なしですか？

老婆の命令を聞いて、女戦士たちがまとめて僕に襲いかかってくる。

「ユーリっ、危《あぶ》ないっ！」

「ユーリ様っ⁉」

「大丈夫、リノとフィーリアは後ろに下がって」

心配する二人に、そう言って安心させる。

アマゾネスたちが強いといってもAランク程度。何人いても僕の敵じゃない。

とはいえ、長旅の中せっかく出会えた人たちだし、このまま返り討《う》ちにして対立を深めたくない。

そう考えた僕は、攻撃を上手《うま》く躱《かわ》しながら、アマゾネスたちの武器を一つずつ取り上げていった。

彼女たちは剣だけではなく弓矢でも攻撃してきたが、それらも全て手で掴《つか》んで止める。

相手の武器が全てなくなったところで、いったん戦闘が終わった。

「こっ、こやつ、ただの小僧《こぞう》ではないな⁉」

老婆が驚きの声を上げた。

これでもう一度交渉できるかと思っていると、アマゾネスたちの後ろからもう一人、長い黒髪をポニーテールにした女戦士が現れる。

「婆《ばあ》よ、苦戦しているようだな」

見たところ、その女戦士はまだかなり若い。恐らく僕らと同じ歳《とし》かちょっと上くらいだろうに、能力を解析してみたら、なんとレベル83もあった。戦闘スキルのレベルも高く、ほかのアマゾネスたちよりも強さが頭二つ抜けている。

間違いなくSSランク級の力がある。その若さでこの能力の高さは凄い。

老婆はその女性に鋭い口調《くちょう》で言う。

「ソロル、何故《なぜ》ここへ来た⁉　今日はお前を祝う日じゃ、大人しく英霊様の加護を受ける儀式を続けておれ！」

「いや、これは新しく『戦皇妃』となったオレの初仕事だ。この男を殺して、先達《せんだつ》の英霊たちに捧《ささ》げよう」

ソロルと呼ばれた女戦士が、僕の前に立って剣を抜く。

身長は僕より気持ち低い程度——百六十五、六センチくらいか？

アマゾネスたちは全員日に焼けた肌をしているが、このソロルという女性はさらに一段と色の濃《こ》い小麦色で、そしてもの凄いグラマラスな身体付きをしている。要するに巨乳だ。

「今日はことさら神聖な祭り、お前のような薄汚い男など村には入れぬ。そして弱き男には死あるのみっ！」

ソロルは一瞬で僕との間合《まあ》いを詰《つ》めて、僕の首を剣で斬り落としにきた。

並みの冒険者では、何が起きたかも分からないまま首がなくなっていただろう。けど、

今の僕には、少し先の行動が見える『超越者の目《デウスプレディクト》』がある。

よって、その鋭い一撃を難《なん》なく躱せた。

「な……なんだと⁉」

初撃によほど自信があったのか、自《みずか》らの剣が空《くう》を斬ったことにソロルは驚き、慌《あわ》てて二の太刀《たち》、三の太刀を浴《あ》びせてきた。

もちろん、それが僕に当たることはない。回避に特化した『幽鬼《ゆうき》』スキルも持っているしね。

攻撃の乱舞《らんぶ》を、僕は最小の動きで躱し続ける。

「こ、こいつ……大して動いてないのに、何故オレの剣が当たらないんだ⁉」

ソロルはムキになって剣を振り続けるが、なんていうかその……いや、見るつもりはないんだけど、動きに合わせて大きな両胸があちこち弾《はず》んでいるので、つい目で追ってしまう。

なんか僕のほうが恥《は》ずかしいんですが？

「ユーリ、おっぱい見ちゃダメ！　目を瞑《つむ》って戦うのよ！」

「そうですわ、あんなモノに惑《まど》わされてはなりません！　しょせん脂肪の塊《かたまり》、大きさなんて無意味ですわ！」

リノとフィーリアの荒い声が聞こえてくる。目を瞑れだなんて、無茶な……

どうもソロルの巨乳に嫉妬《しっと》している感じだけど、リノたちも別に小さいわけじゃないからね。気にすることないよ……とか僕までバカなことを考え始めてしまった。

さてこの戦い、どうやって終わらせよう？

「退《ひ》くがよいソロル、『村守』様をお連れしてきた！」

僕が対応に悩んでいると、老婆が大型の獣を連れてきた。

白とセピア色の長い毛に覆《おお》われたそれは……『猫獣《キャットビースト》』だ。こんなに大きな『猫獣《キャットビースト》』は見たことないけど、その特徴的《とくちょうてき》な顔から間違いないだろう。

『猫獣《キャットビースト》』は、よくペットとして飼《か》われている『猫』の大型種で、通常は一メートル五十センチほどの体長だけど、『村守』と呼ばれた個体は三メートル以上の大きさがあった。

これは現在ではまず見かけないサイズ。こんな大型の『猫獣《キャットビースト》』はとっくに絶滅《ぜつめつ》したはずだ。

この手の大型動物は何種かいて、モンスターとの違いは体内に魔石が存在しないこと。魔石がなければそれほど凶暴《きょうぼう》にもならないので、ペットとして人間と共存したり、または家畜《かちく》として飼われたりしている。

ちなみに、獣人種である『猫人』は、祖先《そせん》が『猫獣《キャットビースト》』の血を引いていると言われている。

「『村守』様か……分かった、この男の始末は『村守』様にお任《まか》せしよう」

老婆の言葉を聞いて、ソロルが後ろに下がる。

それと入れ替わりに、『猫獣《キャットビースト》』がゆっくり僕の前に歩いてきた。

確かに『猫獣《キャットビースト》』はそれなりに強いけど、モンスターではないので戦闘に長けた冒険者には到底敵《かな》わない。コイツがいくら大型であろうとも、たとえばCランクモンスターであるサーベルタイガーのほうが遙《はる》かに強いだろう。

それはアマゾネスたちにも分かっているはずなのに、なんで連れてきたんだ？

「『村守』様、我《わ》が村に仇《あだ》なす者を食い殺してくださいませ」

老婆がけしかけると、なんとただでさえ見たことないほど大型な『猫獣《キャットビースト》』が、さらに巨大化した！

もりもりと筋肉が盛《も》り上がり、骨格もガッシリと厚《あつ》みを増して、手足も伸《の》びていく。

長い毛までモッフモッフとボリュームを増し、見た目は体長六メートルにもなった。

こんな獣なんて見たことも聞いたこともないぞ⁉　『真理の天眼』で解析したところ、SSSランク冒険者と同等以上の強さはありそうだった。

といっても獣やモンスターにはレベルや戦闘スキルという概念《がいねん》がないので、強さを正確に測《はか》るのは難しいのだが。

それにしても、モンスターでもないただの獣がこれほど強くなるなんて⁉

なるほど、『村守』と呼ばれるわけだ。とはいえ、僕よりはやはり弱い。

戦いたくはないが、この『猫獣《キャットビースト》』を叩きのめさなくちゃダメか……？

ブルーの大きな瞳《ひとみ》が、じっと僕を見つめ続ける。

僕と『村守』の睨《にら》み合いは続き……いつ飛びかかってくるのかと思っていたところ、巨大化していた『村守』がスルスルと縮《ちぢ》んで元の大きさになった。

え？　ひょっとしてパワー切れ……とか？

よく分からないけど、『村守』は戦意が完全に消えている。そして、僕に近付いて甘えるような仕草をした。

どうなってるんだ？

「ど、どういうことじゃ!?　『村守』様が外の者に懐《なつ》くなど……はっ、まさかお前は、英霊様が迎えし戦神!?」

なんだ？　戦神……って僕のこと？

老婆の言葉を聞いて、アマゾネスたちもざわめいている。

「そうか、そういうことじゃったか！　戦皇妃の祝祭に、戦神様がいらっしゃるとは……！これはいきなり襲って大変申し訳ないことをした。村をあげてもてなしますゆえ、数々の無礼、平《ひら》にご容赦《ようしゃ》願いたい」

アマゾネスたちから殺気が消え、態度も軟化《なんか》した。

「急に友好的になったわね。どうするユーリ？」

リノが耳打ちしてきた。

うーん、僕たちが敵じゃないと分かってくれたのかな？

「村に入れていただけたら大変助かります。どうかしばらくの間、ここで休ませてください」

「もちろんじゃ、そこの娘っ子たちも遠慮《えんりょ》なく来るがよい」

「やった！　どうなることかと思ったけど、さすがユーリ！」

「これでゆっくり休めますわ……」

リノとフィーリアも安堵《あんど》している。

僕たちはアマゾネスたちに促《うなが》されるまま、村の中に招待された。

3. 絶体絶命大ピンチ？

「戦神様には本当にすまないことをした。さぁさ、よりをかけて馳走《ちそう》を用意しましたゆえ、たくさん召《め》し上がってくだされ」

大きな家に案内され、そこでしばらくつろいでいると、アマゾネス族の代表である老婆――イナニガという女性の指示で、豪華《ごうか》な料理が運ばれ始めた。

実は今日は、村をあげての大きな行事――最強の戦士が誕生した祭りをしていたらしい。

先ほど戦ったソロルという女戦士がその人で、数々の厳《きび》しい試練を終えて、部族最強の証である『戦皇妃』の名を継《つ》いだのだとか。そのお祝いのため、色々と料理が用意されていたのだ。

それはともかく、僕のことを戦神様って呼んでたけど、アレはなんなのかな？

「美味しいですわ、これほどのご馳走は食べたことありませんわ～♪」

「凄い、いくらでも食べれちゃう！　もう一生こんな食事なんてできないかと思ってたよー！」

フィーリアとリノは、手を休めることなく次々と料理を口に入れ、片《かた》っ端《ぱし》から平《たい》らげていく。かくいう僕も、料理を口に運ぶ手が止まらない。

ずっと苦しい旅だったから、こうして安全な場所で食事をすると、本当に生き返った気がする。

「まだまだたくさんあるで、遠慮せず食いなされ」

空《から》になったお皿が下げられ、また目の前に料理が並べられる。

だいぶお腹も満たされたので、代表であるイナニガさんに、この村のことを少し聞いてみた。

思った通りここは隠れ里で、滅多《めった》なことではよその人間が辿り着くことはないらしい。

アマゾネスたちも、ここを出てほかの国に行くようなことはないとのこと。

つまり、外部とはほぼ完全に断絶《だんぜつ》されているということだ。ひょっとしたら、思いもよらない風習とかがあるかもしれないな。

それと、もう一つ気になったことが。

「あの大きな『猫獣《キャットビースト》』……『村守』様のような獣は初めて見たのですが、ほかにもこの辺りにはいるのですか？」

「いいや、『村守』様以外には棲《す》んでおらぬよ」

「では、あの一頭だけ？　どこで捕まえたんですか？」

「ワシも知らぬ。村に伝わる話では、二百年ほど前に村人が狩《か》り場で仔獣《こじゅう》が倒れているのを見つけ、それを拾って育てたらあの『村守』様になったということじゃ」

「二百年前⁉」

モンスターならいざ知らず、通常の獣がそんなに長生きするわけがない。何かの間違いじゃないかな？

あるいは、この近くには『猫獣《キャットビースト》』が複数棲息《せいそく》していて、寿命《じゅみょう》が来る度《たび》に別のを捕まえて飼い続けている……とか？

まあ、この辺りは未開の地だから、どんな生態系になっていてもおかしくない。『村守』のような獣は、今もそこそこ生き残っているのだろう。一頭だけじゃ繁殖《はんしょく》していけないしね。

アマゾネスたちにはまだまだ聞きたいことはあるんだけど、満腹になった幸福感と、人のいる場所に辿り着いた安堵から、眠くなってしまった。

今日はこのくらいにして、また明日にでも続きを聞くことにするか。

横を見ると、リノとフィーリアも、テーブルに突《つ》っ伏《ぷ》して眠っていた。

……？　あれ？　なんかおかしい気が……

異常に眠い……眠すぎる。身体もだるくて何も動かせない……

だめだ、とても目を開けていられない……

そこで僕の意識は飛んでしまった。

◇◇◇

目を覚ますと、僕は薄暗い部屋の中に寝かされているようだった。一瞬、なぜこんなところにいるのかが分からず、何があったのか思い出そうとする。

……そうだ、アマゾネスの村に入って、料理をご馳走されたんだった。

その後の記憶が……えーと、どうしたんだっけ？

とりあえず、『暗視』スキルで周りを探ってみようとすると——すぐそばに誰かがいる⁉

「くくっ、気が付いたようだな」

寝ている僕の顔を覗《のぞ》き込むように、真横でしゃがみ込んでいたのは、あの女戦士ソロルだった。

ほぼ同時に、手足が上手く動かせないことに気付く。ここでようやく、現在の自分の状況が分かった。

なんと、両手両足に縄《なわ》を結《むす》びつけられ、パンツ一丁で大の字に緊縛《きんばく》されている。何コレ、どういうこと⁉

拘束《こうそく》を外そうとジタバタしてると、ソロルが服を脱《ぬ》ぎ始めた。

待って待って、いったい何が起こってるんだ⁉

「オレの戦皇妃就任《しゅうにん》の日に戦神が来るなんて、こんな嬉しいことはない」

「あ、あの……戦神ってなんですか？」

「とぼけなくてもいい。お前ほどの男がこのタイミングで村を訪れるなんて、神の導き以外に考えられぬ。我が村に戦神が来てくれたのは数百年ぶりだ」

「いや、僕は戦神というヤツじゃないですよ？」

どうにも話が見えてこない。

それに、『戦神』と崇《あが》められているなら、なんで僕は裸で拘束されてるの？

「我が村には男がいない。一族の繁栄《はんえい》のため、たまに村の近くまで迷い込んでくる男を捕《と》らえてそいつから子種を頂戴《ちょうだい》するが、近頃では弱い男ばかりで衰退《すいたい》の一途《いっと》を辿っていた」

そういや思い出したぞ！

アマゾネス族は、外部から男を引き込んで子作りをする。

そして、アマゾネスからは女の子しか生まれない。授業でそう習った気がする。

「戦神の種は、我らに大いなる力を授けてくれるという。お前ほどの男となら、素晴らしい子が作れるだろう」

うおおおようやく分かった、理解しました！

強さを充分すぎるほど見せつけた僕は、アマゾネス族の交配の相手に選ばれちゃったのね。それも、戦神なんていう大げさな存在だと思われているわけだ。

まずいですよコレ！

それと、一つだけ気になってることがあるんですが……

今この村に男はいないって言ったよね？　仮に僕が子作りに協力したあと、どうなるんですか？

ソロルにそれを訊《き》いてみる。

「ふん、子種をもらったあとの男は用済みだ。戦神といえども例外ではない。安心しろ、我らとの子作りが終わる頃には、男はただの抜け殻《がら》になる。死ぬ恐怖もなくなっていることだろう」

それって廃人《はいじん》になるってこと？　つまり、僕は完全に壊《こわ》されたのちに、処分されちゃうってわけですか⁉

何故なんだ⁉　フィーリアに襲われたときといい、僕の運命ってこんなのばっかりだ！そんな目に遭《あ》ってたまるか！　と力を入れてみたけど、まったく拘束が解《と》けない。というか、まるで力が入らない。

『真理の天眼』で自分を解析してみたら、重度の麻痺状態だった。

「アマゾネスの秘薬を料理に入れたから、当分お前は動けないぜ。今夜は一晩中オレたちの相手をしてもらう。まずはオレからだ！」

絶体絶命！　今頃リノもフィーリアも拘束されているだろうから、僕を助けに来られるとも思えない。

もはやこれまでか……

ゴオオオオオオオッ！　ドドーーン！

観念《かんねん》しそうになったその瞬間、村を揺《ゆ》り動かすような大地の震動《しんどう》と、空気を震《ふる》わす轟音《ごうおん》がこの場を襲った。

さらに、何やら悲鳴のような声と、バキバキといった破壊音《はかいおん》まで聞こえてきた。

「な、なんだこの騒《さわ》ぎは⁉」

この突然の異常事態に、ソロルも僕を襲うことを忘れて動揺《どうよう》している。

何かが……村に起こっている！

動けない僕を置いて、ソロルは慌てて部屋から飛び出した。

ここからでは外の様子は分からないが、これはただ事じゃない。

『気配感知』と『探知』の融合スキル『領域支配』で様子を探ると、何かとてつもない存在が近くにいることが分かった。

状況的に間違いなく敵だ。今この村はそいつに襲われている！

くっ、非常時だというのに、僕は麻痺状態でどうすることもできない……と思っていたら、いつの間にか新しいスキルが取得画面に出ていた。

ずっと欲しかった、念願の『異常耐性』スキルだ！　これが取得可能になっている！

そうか、アマゾネスの秘薬で重度の麻痺状態にされた上、生命の危機も感じたことにより、ようやくスキルが開花したんだ。まさに奇跡のタイミングだ！

当然取得し、経験値１０００万ほど使ってレベルを10にする。

すると、麻痺していた身体がたちまち正常に戻った。あとは力ずくで拘束を外すだけ。

僕はベースレベル300だし、『腕力』スキルもレベル10だ。この程度のことは造作《ぞうさ》もない。

さらに、『異常耐性』スキルをレベル10にしたことにより、持っていた『耐久《たいきゅう》』、『頑丈《がんじょう》』スキルと融合される。

この三つが融合した結果、『竜体進化』という超強力なスキルに進化した。これは、圧倒的な耐久力が付くスキルらしい。あらゆるダメージを軽減《けいげん》し、そして状態異常攻撃もほぼ無効にする。

これで僕の肉体は大幅《おおはば》に強化された。もう状態異常は怖くないし、並大抵の攻撃では致命的《ちめいてき》なダメージは受けない。

何がこの村を襲っているのかは分からないが、今の僕なら、そう簡単にはやられないぞ！

ソロルを追って、僕も外へと飛び出した。

◇◇◇

コイツが……村を襲っていたのか！　こんな近距離で見たのは初めてだ。

そこにいたのは世界最強の生物種――体長二十メートルを超えるドラゴンだった。

『真理の天眼』で解析してみると、そいつはノーマルドラゴンだった。ドラゴンにもランクがあって、たとえば女神様を襲った邪黒竜は最上位種に近く、今の僕でも恐らく敵わない。

しかし、通常種なら倒すのは充分可能だ。通常種は、やっかいな『竜語魔法』も使ってこないし。

ただ、倒すにはそれ相応の武器が必要だ。

強靱《きょうじん》な身体を持つドラゴンには、生半可《なまはんか》な武器は通用しない。僕が以前作った『炎の剣』があれば、なんとかなったかもしれないが……果たして予備の剣でどこまで通じるか？

剣を強化したいところだが、大量のＭＰを消費するため、迂闊《うかつ》に強化することもできない。

とにかく、追い払うだけでもしないと、村が滅《ほろ》びてしまう！

ドラゴンは低空を飛びながら、村に向かってブレスを吐いていた。アマゾネスたちは何もできず、ひたすら逃げるだけだ。

そうだ、飛び出していったソロルはどこにいるんだ？

注意深く見回していると、逃げ惑うアマゾネスたちの中に、ソロルの姿を見つけた。

ソロルは戦皇妃として、自分の身を犠牲にして仲間を守ろうとしているらしい。派手《はで》に動いて、ドラゴンを引き付けようとしている。

無茶だ、無駄死にするだけだぞ！

そこに、大型化した『猫獣《キャットビースト》』――『村守』も駆《か》けつけ、ソロルに加勢した。

たとえ本気状態となった『村守』でも、ドラゴンには到底太刀《たち》打ちできない。本能的に『村守』にも分かっていると思うが、それでも必死にアマゾネスたちを守ろうとしている。

僕も戦闘に加わるため、全力でそこへ向かっていく。

そのとき、無理な体勢でドラゴンの攻撃を回避しようとして、ソロルの体勢が崩《くず》れた。

そこにブレスが直撃コースで吐かれる。

間に合えっ！

僕は全身の筋力を極限《きょくげん》まで収縮《しゅうしゅく》し、一気に爆発させて矢のようにソロルのもとへ飛び込む。

間一髪《かんいっぱつ》、ブレスが到達する前にソロルを救い出せた！

「お、お前は……!?　いったいどうやって抜け出した？」

「説明はあとだ、ここからすぐ離れ……」

ソロルを逃がそうとした瞬間、僕たちを追ってきたドラゴンが顎《あぎと》を開ける。

その喉《のど》奥にブレスの光が見えたとき、『村守』が僕らを守るために立ち塞がった。

まずい、これではソロルと『村守』を同時に救えない！

僕は瞬時に判断し、イチかバチかの剣技を放つ！

「『超超特大衝撃波《エクサショックインパクト》』っ！」

音速の衝撃波が僕たち目がけて放たれたブレスを斬《さ》り裂き、ドラゴンの顔に直撃する。

思わぬ反撃にドラゴンは一瞬面食《めんく》らったようだが、ガルルと唸《うな》って首を一振りしただけだった。

やはり衝撃波などではダメだ、直接剣を打ち込まないと！

その時、予想外のことが起きた。

『村守』――『猫獣《キャットビースト》』に対して、僕のスキル『眷属守護天使《サーヴァント・ヴァルキュリア》』が反応したのだ。

どういうことだ？　まさか『猫獣《キャットビースト》』がスキルの対象になっているのか？

これは『眷女』という従者を作るスキルで、獣は対象外のはずだ。

戸惑《とまど》いを覚えるが、迷っている暇《ひま》はない。僕の眷属《けんぞく》となれば恐らく『村守』も強化されるはず！

僕は『村守』を『眷属守護天使《サーヴァント・ヴァルキュリア》』で『眷女』――いや『眷獣』にした。

すると……

「む……『村守』様っ、なんだ、これはいったい……!?」

ソロルが驚くのも無理はない。

なんと、六メートルほどだった『猫獣《キャットビースト》』の身体が、ムクムクとさらに巨大化して十メートル近くにもなったのだ。

そして体毛がキラキラと黄金色に輝きだし、青だった瞳も金色に変化した。

まて、この姿の獣って、心当たりがあるぞ！　そう、伝説の幻獣『キャスパルク』だ！

まさか『村守』って、成長途中の『キャスパルク』だったのか⁉　それが僕の眷属となったことにより、本来の姿に覚醒《かくせい》した？

「ンガーオ！」

少し喉にかかるような鳴き声を発し、『村守』は空中にいるドラゴンへと飛びかかった。

凄い！　あの巨体にして、なんと軽《かろ》やかな身のこなしなんだ！

驚いたドラゴンが爪や尻尾、ブレスで応戦するが、『村守』は素早くそれを躱していく。

そして強烈《きょうれつ》な雷撃をドラゴンに撃《う》ち放つ。

よし、いける！　ドラゴンに負けてないぞ！

ただ、空を飛べない『キャスパルク』には、ドラゴンを倒すだけの決め手がないようだが。

とにかく、ドラゴンを引き付けてくれているうちに、こっちも反撃の準備だ！

「ソロル、この村に何か強い武器はないか？」

「武器？　剣ならば、戦皇妃として受け継いだこの『戦士の剣』が一番強いが……？」

僕はソロルが持っていた『戦士の剣』を鑑定してみる。

なるほど、さすが村一番の武器だ。最上級クラスの出来はある。

この剣を強化すれば、ドラゴンにも対抗できるはず！

「ソロル、その剣を貸してくれ！　あのドラゴンは僕が倒す！」

「戦神……様、村を守ってくれるのか？　あのような仕打ちをしたというのに」

「もちろんだ、僕を信じてくれ」

小さく頷《うなず》いたソロルが、僕に『戦士の剣』を渡してくれる。その剣に『魔道具作製』スキルと『装備強化』スキルを施《ほどこ》し、即席ながら対竜族専用武器──『ドラゴンキラー』を作り上げた。

ドラゴンの硬《かた》さに対抗するため、破壊力重視《じゅうし》の剣だ。

きっとコレなら、あの強靱な鱗《うろこ》ごと叩き斬れる！

僕は『飛翔《フライ》』で上空へ上がり、『剣身一体』を発動した。そして、ドラゴンの前に立ち塞がる。

僕の『飛翔《フライ》』はレベル10。ドラゴン相手でも空中戦で後れを取ることはない。

「『村守』様、ドラゴンを引き付けてくれてありがとう。あとは僕がやるよ」

僕の言葉を理解したのか、『村守』──『キャスパルク』はドラゴンに飛びかかるのをやめて後ろに下がる。

ドラゴンは目の前に現れた僕を焼き尽くそうとブレスを吐くが、回避特化の『幽鬼』と、先の行動が見える『超越者の目《デウスプレディクト》』があるので、そう簡単には喰らわない。

習得したばかりの『竜体進化』もあるし、今の僕にはドラゴンの攻撃はそれほど脅威《きょうい》じゃない。

落ち着いてブレスを躱し、あとは反撃のチャンスを待つだけだ。

攻撃を避《よ》けまくる僕に、一瞬ドラゴンが迷いを見せた。その隙《すき》を見逃さず、一気に接近して対ドラゴン必殺技を叩き込む。

「竜滅閃斬《りゅうめつせんざん》っ！」

上位剣術スキル『斬鬼』の技で、硬き竜を真《ま》っ二《ぷた》つに断《た》ち斬るほどの、ひたすら攻撃力に特化した必殺技だ。

これが無事決まり、ドラゴンの首は胴体から離れ、地上へと落ちていった……

4. ひとときの平和

「あなたは真の戦神様だった。どうか我らの罪を許してほしい」

長老を含め、アマゾネス全員が頭を地に付けてお詫《わ》びしてきた。さながら、神の怒りを恐れる子羊だ。

村がドラゴンに襲われるなんていうのは初めてのことで、どうやら僕に無礼を働いた天罰だと思っているらしい。

すっかり神様だと思われている。この誤解《ごかい》、解けるかな。

ドラゴンの襲撃《しゅうげき》中、リノとフィーリアは眠らされたまま離れに放置されていたが、今はもう目を覚まして無事合流している。もし離れを襲われていたらヤバかったな。

ドラゴンに急襲《きゅうしゅう》されながらも、大怪我した人はいなかった。

負傷《ふしょう》したアマゾネスたちは、すでに僕が作った薬で全員治療《ちりょう》を終えている。村の損害《そんがい》は決して小さくないが、この程度なら復興《ふっこう》可能だろう。

そして僕を襲ったソロルはというと、別人のようにしおらしくなって、かいがいしく僕の世話をしてくれている。子種だけが欲しいとかじゃなくて、正式に僕に嫁《とつ》ぎたいそうだ。

アマゾネスは基本的には村から出ずに一生を村内で過ごすらしいが、ソロルは特例で村から出る許可をもらっているとのこと。

真の『戦神』の子を授かるのは部族の悲願《ひがん》。生まれた子は女王《じょおう》となって、アマゾネスを進化させる役目を担《にな》うというのだ。

そんなわけで、僕は部族全員からソロルとの婚姻《こんいん》を懇願《こんがん》されている。おかげでリノとフィーリアがカンカンだ。

ちなみにソロルは現在十八歳で、僕より一歳年上だった。もし結婚したら姉さん女房になるな。まあ、リノたちが断固《だんこ》として阻止《そし》するだろうけど。

それと、どういうわけかソロルにも『眷属守護天使《サーヴァント・ヴァルキュリア》』が反応するようになった。

ほかのアマゾネスたちにはスキルが無反応なので、『眷女』にするには何か条件があるらしい。今後詳細を検証《けんしょう》していきたいと思う。

とりあえずソロルにスキルのことを説明したら、是非『眷女』になりたいと言ってくれたので、『眷属守護天使《サーヴァント・ヴァルキュリア》』をかけてみた。

すると、彼女には『闘神姫《ジークルーネ》』という称号が付き、リノたちと同じように基礎ステータスがパワーアップした。

僕もソロルから、一部のスキルを継承する。彼女が持っていたスキルのうち、僕は『武術』を持っていなかったので、それを習得することができた。

そして『武術』をレベル10にしてみると、『腕力』スキルと融合して、『闘鬼』という上位スキルに進化した。

これは素手《すで》での近距離打撃戦で猛威《もうい》を振るうスキルらしい。これで万が一武器がない状況となっても、慌てることなく対処できる。

『闘鬼』をレベル2に上げるのには経験値が2000万必要となるので、現状では保留とした。

ソロル同様、僕の眷属となった『村守』様――伝説の幻獣『キャスパルク』だけど、これについては特にスキルを継承することはなかった。

獣には人間が使うようなスキルはないので、当然といえば当然だが。

『村守』様のほうは、『眷獣』となって能力がアップしたみたいだ。

ちなみに、あのとき十メートル程度まで巨大化したけど、戦闘後には元の三メートルほどの大きさに戻ってしまった。どうやら『キャスパルク』の姿を維持するには、時間制限《タイムリミット》があるらしい。

二百年くらい前に拾ったという話だったけど、現状でもまだ幼体だったんだな。伝説の幻獣とまで言われるだけに、きっと寿命も相当長いんだろう。

それにしても、『眷属守護天使《サーヴァント・ヴァルキュリア》』が動物にも反応するとは……

僕に懐いてくれた理由もよく分からないけど、ひょっとして僕の中の神力を感じ取ったのかも？　フィーリア曰《いわ》く、僕の神力はケタ違いらしいし。

ほか、ドラゴンのブレスからひとっ飛びでソロルを助けたことにより、『縮地《しゅくち》』スキルが発現したので取得した。これは高速移動ができる便利なスキルで、もちろんレベル10まで上げておく。

残り経験値５０００万ほどをストックして、今回の強化を終えた。

ソロルとの結婚はともかくとして、僕たちはしばらくの間アマゾネス村に滞在《たいざい》することにした。また旅立つ前に疲労をちゃんと取っておきたいというのもあるけど、次月分の神様の経験値をもらってから次の行動に移りたかったからだ。

次にもらえる経験値は、10億を超える可能性がある。これをもらって能力強化してから、ここを出発したいのだ。

あまりのんびりとしていられない状況ではあるが、焦りは禁物。敵は手強《てごわ》い。慌てずしっかりと戦力強化をしておきたいところ。

ということで、僕たちのアマゾネス村での生活が始まった。

◇◇◇

「さ……さすが我が夫、あの大猿をこんな簡単に退治するなんて……」

村から少し遠出をした場所で、ギガントエイプという体長十メートルもある巨大猿型モンスターと遭遇したので、僕が瞬殺《しゅんさつ》した。それを見たソロルが、感嘆《かんたん》の声を漏《も》らしている。

「だからソロルってば、『夫』じゃないでしょ！」

「そうですわ、いい加減にしないと闇魔法で呪いますわよ！」

同行していたリノとフィーリアが、間髪《かんはつ》を容《い》れずに抗議。

「分かったよ、ユーリ殿《どの》って呼べばいいんだろ！　うるさい小娘たちだ」

うんざりとした顔をしながら、ソロルはそう言って軽く舌打ちした。

僕とリノ、フィーリア、ソロル、そしてお供《とも》の『村守』様は現在、レベル上げをするために魔物の棲む森まで遠征《えんせい》している。

村の周りには強いモンスターが棲息してないからね。当たり前だけど、危険な場所には村を作らないだろうし。

ということで、注意しながら森の探索中だ。

ここには集団で襲ってくる獰猛《どうもう》なヘルハウンドや、三メートルの長足を持つ大蜘蛛《おおぐも》バーブレスアラクニドのほか、多足巨虫《たそくきょちゅう》デビルクロウラー、石化攻撃を使うバジリスク、そして猛毒蛇のアゴニーヴァイパーなど、様々な凶悪モンスターがたくさんいた。

それでこそレベル上げ――いわゆるレベリングのしがいがあるというもの。『竜体進化』を習得した僕には毒などの状態異常はまったく怖くないしね。

魔道具の素材になるかもしれないので、念のため倒したモンスターの一部も素材として採取《さいしゅ》している。

ちなみに今倒したギガントエイプは、たまに村の近くまで来ることがあったらしく、どうやって退治しようか頭を悩ませていたとのこと。

せっかくだから、このあともレベル上げついでに危険なモンスターたちを駆除《くじょ》しておくか。

基本的には僕が戦うけど、一応リノたちの戦闘訓練も兼《か》ねているので、比較的弱いモンスターについてはみんなに任せている。今後のためにもここで経験を積《つ》んでおきたいのだ。

少し心配ではあるが、『眷女』になった効果でリノたちの基礎ステータスは上がっているし、装備も大幅に強化したので、よほどのことがない限りは大丈夫。

そうそう、先日倒したドラゴンの身体が魔道具用の素材になったので、それでみんなにも強力な装備を作ってあげたんだ。

まずドラゴンの爪から『竜爪の装甲具《ドラゴンプロテクター》』を作った。これはまあその、要するにビキニアーマーの強化版である。

基本的にビキニアーマーは防御力度外視《どがいし》の防具で、通常は街の中などで着るファッション装備なのだが、アマゾネスたちはみんなこの防具を着けていた。軽装《けいそう》で狩りに向いているから定着したのだろう。

アマゾネスが主に狩猟《しゅりょう》するキングボアーやブロントバッファローは、身体こそ大きいけどモンスターではない。そのため重装備は必要ないからね。

本当はもっと守備力の高い『竜爪の鎧《ドラゴンアーマー》』を作ろうと思ったんだけど、アマゾネスは重装備を着けないと言われ、仕方なく同じようなものにした。

ただし、『竜爪の装甲具《ドラゴンプロテクター》』は防御面積こそ狭いけど、ドラゴンの加護として物理ダメージを軽減する『物理減殺《アタックガード》』の効果が付与《ふよ》されているのだ。

これをソロルとアマゾネスたち用に何着か作り、そして僕用には『竜爪の胸当て《ドラゴンプレート》』を作った。

これにも『物理減殺《アタックガード》』の効果があり、軽くて頑丈だ。

鱗からは『竜鱗の盾《ドラゴンシールド》』を作ることができた。盾としてめちゃくちゃ硬質《こうしつ》な上に非常に軽く、そして魔法やブレス攻撃を軽減する『魔法減殺《マジックガード》』が付いている。

僕は盾を使わないので、『竜鱗の盾《ドラゴンシールド》』は全てソロルとアマゾネスたちに贈呈《ぞうてい》した。

二本の大きな牙からは、『竜牙の剣《ドラゴンソード》』が二本作れた。この剣には『炎の剣』のような特殊効果はないが、どんな敵でも断ち斬るほどの凄《すさ》まじい斬れ味を持っている。これは僕とソロルがもらうことにした。

あとは翼二枚から『竜翼の腕輪《ドラゴンバングル》』を二個作った。身に着ければ『物理減殺《アタックガード》』と『魔法減殺《マジックガード》』のシールドを張ることができる。これはリノとフィーリアに渡した。

ほか、ドラゴンの血を採取して、保存しておくことにした。竜の血には不老不死の効果がある、なんて言い伝えもあるくらいなので、きっと何かの役に立つだろう。

こんな調子で魔装備を作っていたおかげで、僕は毎日ＭＰ切れになっていた。

まあアマゾネスたちにはとても感謝されたので、頑張った甲斐《かい》はあったけど。

ちなみに、『村守』様は僕の眷属になったからか、すっかり懐いて四六時中僕にベッタリだ。村では普段大きな檻《おり》に入れられていたんだけど、僕のそばに来たがるので、今では放し飼い状態にされている。

村の守り神なのに、なんとなく申し訳ない気持ちです。

「あれ？　ユーリ、『村守』ちゃんが何か咥《くわ》えてるよ？」

レベリング中、ふとリノがそう言ってきた。

「ホントだ。なんだコレ？」

『村守』様の口元をよく見ると、五十センチほどの茶色いトカゲを咥えていた。僕が戦っている間に、いつの間にか獲っていたようだ。

僕たちが調《しら》べようとすると、ソロルがその正体を教えてくれる。

「ああ、ここらで獲れる『ヴィールリザード』ってヤツだ。『村守』様の好物で、オレたちアマゾネスもよく食べている。なかなか美味しいんだぜ」

へー、エーアストではあまりこういうのは食べないけど、アマゾネスの村では貴重《きちょう》な食料なんだろうな。モンスターじゃないみたいだから、獲るのも難しくないだろうし。

って、ちょっと待って、『村守』様がヴィールリザードを僕に渡そうとしてくるんだけど？

えーと、僕にどうしてほしいのかな……？

「『村守』様はユーリ殿に食べてほしいみたいだぜ？　多分、プレゼントのつもりなんだろう」

「えええっ⁉」

いや、気持ちはありがたいけど、あまり好みではないかなあ。

「ユーリ、『村守』ちゃんがせっかく獲ってくれたんだから、食べてあげなよ」

「そうですわ。ご厚意《こうい》を無駄にしてはいけませんわよ」

リノもフィーリアも、他人事だと思って面白《おもしろ》がっているな。ニヤニヤ笑っているし。

『村守』様はキラキラと期待した目で僕を見ている。これじゃとても断《ことわ》れないぞ。

「あ、ありがとう『村守』様、ではいただきます……」

僕は火属性魔法で軽く焼いたあと、トカゲのお腹にかぶり付く。

……ああ、なるほど。確かに美味しいかも。でも、見た目がどうにもなあ……

『村守』様が嬉しそうに僕を見つめ続けるので、なんとか頑張って食べた。

「『村守』様、ご馳走様《ちそうさま》でした。美味しかったよ」

「ンガーオ！」

笑顔で頭を撫でてあげると、『村守』様は満足げな顔をしていた。

身体は大きいけど、まだ子供だもんね。甘えん坊で可愛《かわい》いな。

「じゃあレベリングを再開しようか」

しばらくモンスターを狩っていると、またしても『村守』様が何かを咥えてきた。

「ちょ、ちょっとユーリ、コレ……！」

「あら、『村守』さん凄いですわね」

「おおっ、やるじゃないか『村守』様！」

『村守』様が上機嫌で持ってきたのは、なんと三匹ものヴィールリザードだった。

ちょっと待って、まさかコレ、僕に全部食べろと……？

「ンガーオ！　ンガーオ！」

僕の足元に三匹のトカゲを置いて、得意気《とくいげ》に鳴く『村守』様。

僕は苦《にが》い笑《え》みを浮かべながら、途方に暮れるのだった……


こんな調子で僕たちは日々レベリングを続け、地道に経験値を稼いでは能力を強化していった。

『眷女』の効果によって、僕がベースレベルを上げれば彼女たちのステータスも上がる。

そのため、リノたちはベースレベルを上げる必要がない。スキルの強化に経験値を全部使うことができるので、非常に効率よく成長することができた。

特にフィーリアの成長は著《いちじる》しく、かなり魔道士としての能力は上がったと思う。

ただ、相変《あいか》わらず彼女が魔法を使うときは怖いんだけどね。

そしてまた神様から経験値をもらえる日がやってきた。

今月神様からもらった経験値は、約10億７０００万。さすがに10億が限界かもと思っていたけど、なんとまだ上限ではなかった。

このまま行くと、ひょっとしてひと月１００億もらえるかも？

そうなれば、あの強敵ヴァクラースにもきっと勝てるはずだ。

今回もらった経験値とストックしていた分を合わせると、現在約11億２０００万ほどの経験値を持っている。これを全部ベースレベルに使うと、ヴァクラースのレベル５２０を超えて、レベル６００近くまで上げることができる。

しかし、単純にレベルが高いだけでは、ヴァクラースやセクエストロ枢機卿には勝てないだろう。

ベースレベルとはあくまで強さの基礎だ。どんなにステータスが高くても、強力なスキルなしでは倒せない。

毎月女神様からもらえるスキルは、強力無比なモノが多い。ただベースレベルを高くするよりも、これらのレアスキルを強化したほうが、能力アップに繋《つな》がるはず。

スキル強化こそが、打倒ヴァクラースのカギだ。

今回女神様から提示されたスキルは、SSランクの『詠唱破棄《はき》』だった。これは以前にも一度出てきたことがあり、魔法の詠唱をキャンセルできるという、本来は勇者のみが使える貴重なスキルだ。

前回は経験値が足《た》りなくて取れなかったが、今回は足りる。

取得に必要な経験値は1000万。もちろん取った。

『眷女』になったフィーリアから魔法を継承したことにより、僕も魔法が使えるので、『詠唱破棄』ができるのは非常にありがたい。

そしてこれで、女神様のスキルは取り逃してもまた出ることが分かった。チャンスは一度きりということじゃないようなので、少し安心した。

まあでも、強力なスキルを取り逃すことがないよう、経験値は無駄遣《むだづか》いすることなく溜めておきたいと思う。

そのあとは少し経験値の使い道に悩んだが、チーム全体の戦力を底上げするため、経験値を3億以上使って自分のベースレベルを400まで上げた。

さらに経験値3億を使って、『眷属守護天使《サーヴァント・ヴァルキュリア》』のレベルを5にする。

『眷属守護天使《サーヴァント・ヴァルキュリア》』は僕のステータスの一部が『眷女』たちの各ステータスに加算されるわけだが、レベルを上げるとその割合が上がるらしい。レベル1だったときは割合が5%だったけど、レベルを5に上げてみると25%になっていた。

つまり、レベル400である僕のステータスの25%が、『眷女』であるリノたちに加算されることになる。

これによってリノたちの力は格段に上がり、実にレベル150相当のステータス値になった。

まあ基礎能力が高くても、彼女たちは戦闘スキルのレベルが低いため、強さはまだSSランクにも届かないと思う。ソロルは別だけどね。

それと『眷獣』である『村守』様も、もちろん能力が上昇している。

ほかには、経験値3億使って『竜体進化』をレベル5にした。防御用のスキルとしては非常に優秀なので、しっかり耐久力を上げておこうと思ったのだ。

この一連の強化により、もはや生半可な攻撃では、僕はダメージを喰らうことはないだろう。

あとは一応『詠唱破棄』も、経験値6000万使ってレベル3にしたので、レベル3までの魔法は無詠唱《むえいしょう》で撃つことができる。

今回はここまでとし、残り約1億5000万の経験値は残しておくことにした。

まだまだ強化したいスキルはたくさんあるが、来月は恐らく20億以上の経験値がもらえそうだし、段階的にレベルアップしていこう。

さて、神様から経験値ももらったし、みんなの力もかなり底上げできたので、いよいよここを出発するときが来た。

◇◇◇

アマゾネス村で三週間ほど過ごした僕たちは、また旅立つことにした。新しい仲間、ソロルを加えてである。

婚姻に関しては、申し訳ないが保留にしてもらっている。僕らにはまだ使命があるからね。でもソロルは、いつまでも待つと言ってくれた。

未来はどうなるか分からないが、彼女の信頼を踏みにじることがないよう、気を付けたいと思っている。

目的地であるアマトーレ国までの移動手段だけど、この村には馬がいない。アマゾネスたちは馬を使う必要がないからだ。遠距離移動をすることもないし。

これぱかりはどうしようもないので、僕たちはまた徒歩《とほ》で旅をすることになった。

ただ、今度は当てがないまま歩くわけじゃなく、アマトーレの方角はしっかり分かっている。

エーアストを逃げ出してから僕たちは大体の感覚で移動していたが、どうやらアマトーレ方向より少し南寄りに歩いてしまったようだ。

地図がなかったので村の正確な位置は分からずじまいだったが、色々な情報から判断した限りでは、恐らく十日くらいでアマトーレに到着するはず。必要なものは食料も含めてアイテムボックスに詰めたし、今度はそこまでキツい旅にはならないだろう。

「それでは村の皆さん、大変お世話になりました」

「なんの、我らこそ戦神様から受けたご恩は忘れませぬ」

別れの挨拶《あいさつ》を終え、さあ出発と思ったところに、『村守』様が名残惜《なごりお》しそうに僕に身体を擦《す》り付けてきた。何度も寂《さび》しそうに鳴く姿は、まるで行かないでと言っているようだ。

ううう、僕も別れたくないけど、これは仕方ないんだ。この村の守り神を連れていくわけには……

「戦神様、『村守』様も連れていってくださいませ」

イナニガさんが『村守』様をやさしく撫でながら言葉を発した。

「ええっ、でも、この子は村の……」

「よいのです。戦神様と出会うために、『村守』様はこの村にいたのでしょう。我らは戦神様からいただいた装備があれば大丈夫です」

アマゾネスのみんなは、『村守』様を見つめながら、別れを告《つ》げるようにイナニガさんの言葉に頷いている。

「ユーリ、連れていってあげよ。こんなに寂しがってるのに、置いていくのは可哀想《かわいそう》だよ」

リノが僕の服の袖《そで》を引っ張りながら言った。

「……村の皆さんがそう仰《おっしゃ》ってくれるなら、『村守』様を預《あず》からせていただきます。全てが終わったら、絶対また戻ってきてお返ししますので」

「『村守』様をよろしくお願いします」

「じゃあ行こうか、『村守』様」

「ンガーオ！」

『村守』様が元気に鳴いた。凄いな、本当に僕の言葉が分かるみたいだ。一緒にレベリングに行ったときも、利口だなあとは思ってたけど。

もしかして僕の『眷獣』になったから、ある程度意思の疎通《そつう》ができるのかもしれない。

それに、幻獣とまで言われる『キャスパルク』は少々特別なのかも？

その『村守』様も連れて、今度こそ僕たちは村を出発した。

第二章　外道山賊を討つ

1．お尋ね者たち

「ねえソロルさん、その脂肪丸出しのお乳はなんとかならないのかしら？」

「そうよ、もっと肌を隠す装備を着て歩いてほしいわ」

「うっさいなー、これがアマゾネスの正式な装備なんだ。自分たちの胸が貧弱《ひんじゃく》だからって、文句付けんなよ！」

フィーリアとリノが、ソロルの装備姿についてダメ出しをする。

肌を大きく晒《さら》した格好なので、リノたちにはそれが気になるようだ。まあ豊満な胸に嫉妬しているところもあるんだろうけど。

「言っておきますけど、わたくしの胸は貧弱ではありませんことよ。まったく何を食べたら、そんな贅肉《ぜいにく》がお胸に付くのです？」

「わ、私だって別に貧弱ではないわ。ソロルが無駄に大きすぎるだけじゃない！　ねえ、ユーリはあんな巨乳には興味ないよね？」

「いや、胸はデカいほうがいいに決まってるだろ！　な、ユーリ殿？」

確かに、フィーリアもリノも別に胸は小さくない。そして、僕にも一応好みのサイズはある。

でも、それをここで言ったら火に油を注ぐだけなので、当たり障《さわ》りのない返答でごまかす。

「大きさなんて関係ないよ。みんな女性らしくて素敵だよ」

「じゃあユーリがこだわってるところってどこなの？」

「そうですわ、ユーリ様が女性のどの部分に興味がおありなのか知りたいですわ」

「尻か？　オレは尻にも自信があるぞ！　いい子を産めるぞ！」

うーん……なんかもう何を言ってもドツボにハマりそうだ。

なんだろうなあこの緊張感のなさ。一応僕たちは逃亡者なんだけど。


アマゾネス村を出発し、現在僕たちはアマトーレに向かって歩いている。

可能なら巨大化したルクの背に乗って移動したいが、変身には制限時間があるので、残念ながら長距離移動には向かない。

ちなみに、ルクとは『村守』様の名前だ。そのままでは少し呼びづらかったので、真の名『キャスパルク』から一部を取ってルクと名付けた。

ちょっと安易だけど、本人《ルク》も気に入ってるような感じはする。

ということで歩き旅ではあるが、もう厳しい道中ではなくなった。能力強化も可能な限りしたし、食料も万全だからね。

目的地の場所もハッキリ分かっているし、現状では特に不安はない。

だからこれほど緊張感がないんだろうけど……まあ精神的余裕があるのはいいことか。

「ンガーオ」

「おっとルク、お腹空《す》いたのかな？　じゃあここらで昼食にしよう」

ルクは人間とほぼ同じようなものを食べる。そして量もそれほど多くない。

真の姿があれだけ大きいので、それに見合った量を食べるのかと思ったけど、大食じゃなくて助かった。

食後に少し休憩《きゅうけい》していると、ルクが僕に向かって頭を押し付ける仕草をしてきた。

傍《はた》から見ると、まるで頭突《ずつ》きのような状態である。

「はいよ、分かったってばルク。お腹いっぱいでご機嫌なんだね」

ルクは甘えるとき、これをするのが好きみたいだ。何度も僕に頭を押し付けてくる。

そんなルクを撫でてあげながら、僕たちは少しの間食後のひとときを楽しんだ。


昼食後。移動を再開すると、僕の『領域支配』が危険な存在を感知した。

同じようにルクも敵に気付く。ルクの危険感知力は、僕と同程度だ。

警戒を強めると、少し先の茂みから体長七メートルの魔物――スフィンクスが現れた。

「ユーリ殿、こいつはオレたちに任せてくれ！」

「ユーリよく見てて！　ルクちゃんは手を出さないでね！」

「今度こそキッチリ倒しますわよ！」

ソロル、リノ、フィーリアの三人が、スフィンクスに向かって走っていく。

『今度こそ』というのは、今まで何頭かモンスターと出会ったんだけど、リノたちが戦う前に全部ルクが倒しちゃったのだ。特に命令したわけじゃないが、危険な敵と思ってルクが自主的に排除《はいじょ》してくれた。

とにかく、変身後のルク——『キャスパルク』はドラゴン並みに強いので、ちょっとやそっとのモンスターでは相手にならない。

リノたちが戦いたがっているのは、レベリングや『眷女』の効果で強くなった成果を試《ため》したいからだ。そのため、今回はルクが変身しないように僕が制止した。

「グオオオオオオッ！」

スフィンクスが、近付いてくるソロルに向かって炎を吐いた。それをソロルは、『竜鱗の盾《ドラゴンシールド》』で上手に防ぐ。

危険な相手ではあるが、ソロルには『竜爪の装甲具《ドラゴンプロテクター》』もあるし、リノたちも『竜翼の腕輪《ドラゴンバングル》』を着けている。そう簡単にはピンチにならないだろう。

ソロルはスフィンクスの攻撃を器用に躱しつつ、自分の間合いまで接近していく。

アマゾネス最強の戦士だけに、戦闘センスは抜群《ばつぐん》だ。スフィンクスを引き付けることで、リノたちを守るタンク役も担っている。

「地獄《じごく》の痛みに苦しむがいいですわ！『暗黒痛撃《ダークペイン》』っ！」

詠唱を終えたフィーリアが、スフィンクスに向かって闇魔法を放つ。

それを喰らったスフィンクスが、苦痛に身体を曲《ま》げて悶《もだ》えた。

「次は私よ！『金縛りの術』っ！」

続いてリノがスフィンクスに忍術をかける。

かなりの強敵だけに、完全に『拘束《バインド》』することはできなかったが、見えない糸がビシリと巻き付いたようにスフィンクスの動きが鈍《にぶ》った。

「よくやったリノ、フィーリア。最後はオレの攻撃だ。『戦皇妃』の技を喰らうがいいっ！」

もがくスフィンクスに、ソロルが『竜牙の剣《ドラゴンソード》』の一撃を浴びせる。

巨大な上半身が大きく斬り裂かれ、スフィンクスは絶命した。

強敵ではあったが、今の三人には問題なかったようだ。ルクもまだまだ強くなるし、本当に頼もしい仲間たちだ。


夜は僕とルクが一緒のテントで寝ている。

ルクはリノたちのテントで寝てもらう予定だったんだけどね。危険対策のためにも、ルクには三人を守ってもらおうと思っていた。

ところが、ルクが僕と一緒に寝たがって、テントを壊す勢いで外から頭を押し付けまくったんだ。ンゴー、ンゴーと鳴きまくるし。

それで仕方なく、ルクと僕が一緒に寝ることになった。それはまあいいんだけど……

「ユーリ様ひどいですわ、何故わたくしたちを追い出して、ルクさんと一緒に寝るのです⁉」

「そうだよユーリ、それにルクちゃんはメスだよ⁉　メス猫と寝るなんて変態だよ⁉　人間の女の子と一緒に寝るべきだよ！」

「『村守』様ずるいぞ！　オレたちもユーリ殿と一緒に寝たいのにっ！」

三人がワケの分からない理屈でわめき散《ち》らすのだ。

ルクは確かにメスだけど、だからといって何がどうというようなことでもないと思うんだけど？

リノたちの思考がどんどん常軌《じょうき》を逸《いっ》していくようで怖い……

こうなってくると、ルクと一緒のほうがきっと僕の身は安全だ。またリノたちが侵入《しんにゅう》してくる可能性もあるし。

僕にはもう状態異常攻撃は効かないけど、何をしてくるか分からないからな。

それに、ルクのモッフモッフな毛がなんとも肌触《はだざわ》りがよくて……

添い寝しながらお腹をわしゃわしゃと撫でてあげると、喉をゴロゴロ鳴らしながら、前足を僕の身体に付けてふみふみしてきた。

うはー、マッサージしてもらってるみたいで、めっちゃ気持ちいい～！

僕はルクの体毛に埋《う》もれながら、安心してグッスリと寝た。

◇◇◇

こんな調子で旅は続き、村を出発してから十日後、僕たちはアマトーレ国に辿り着いたのだった。

アマトーレはエーアストに比べて小国ではあるが、資源も人材も豊富で、なかなか栄えている国である。

ここに腰を落ち着けて、態勢をしっかり整《ととの》え直してから、改めてエーアスト奪還《だっかん》計画を立てていこうと思う。

数ヶ月もすれば、神様からの経験値と女神様からのスキルで、僕は相当パワーアップできるはず。『眷属守護天使《サーヴァント・ヴァルキュリア》』のおかげで、リノやフィーリア、ソロルも同時に強化可能だ。

エーアストのクラスメイトたちがどうなっているのかは不明だが、彼らと全面対決になっても、充分勝機はあるだろう。

ただ、本音《ほんね》を言えば、なるべく決戦の時は遅《おく》らせたい。

ひと月経つ度、僕は大きく成長する。つまり、決戦が遅れるほど、僕は加速度的に強くなる。

だから、できれば長期間かけて力を溜めたいところだけど、果たして時間的余裕がどれくらいあるか。とりあえず、このアマトーレからエーアストの動向を窺《うかが》いつつ、決戦のタイミングを見極《みきわ》めることにしよう。

　そんな思考を巡《めぐ》らせながらアマトーレ王都の正門に近付いていくと、突然門番たちが騒ぎ始めた。

「お、おいお前たち、ちょっと待て！　どこから来た？」

「え？　その……エーアストからですけど……」

　何か門番の様子がおかしい。

　僕たちを見て、一気に周囲の緊張が高まり、奥から次々に兵士たちが出てくる。

「やはり手配書に書いてあったヤツらだ！」

「もし王都《ここ》にやってきたら、捕縛《ほばく》するようにとのことだったぞ」

「すぐに隊長に連絡しろ！　残りは全員表に出てコイツらを取り囲め！」

　兵士が続々と集まり、僕たちを逃がさないように包囲した。

　いったい何が起こってるんだ⁉

「お前たち、エーアスト国で暴《あば》れ回って、騎士団員を大勢負傷させたらしいな」

「我が国アマトーレにも手配書が回ってきてるぞ」

「もう逃げられんぞ、大人しく観念しろ！」

　なんだってーっ⁉

しまった。完全に魔の手に落ちてしまったエーアストは、僕たちのことをお尋ね者として周辺諸国に通達したんだ！

エーアストからの正式な文書であるため、アマトーレが信じるのも無理はない。

まずいぞコレ、想定外だ。何故このパターンを考えておかなかったんだ！

エーアストから離れれば仕切り直しできると、勝手に安心してしまっていた。

「何よコレ……どうするのユーリ？」

「わたくしはエーアストの王女ですが、それを言ってもどうにもなりそうもありませんわね」

「なぁに、こんなヤツら全員ぶっ倒して、この国ごともらっちまおうぜ！」

「ンガーオ！」

ソロルの意見はかなり物騒《ぶっそう》だけど、今の僕なら、やってやれないことはないかもしれない。

ただ、そんなことをしたら、エーアストどころか全世界を敵に回す可能性もある。そうなれば、エーアスト奪還なんて言っていられる状況じゃなくなるだろう。

「小僧ども、抵抗しても無駄だぞ！　アマトーレが誇る銀翼《ぎんよく》騎士団も来てくれた。対魔王軍世代だかなんだか知らぬが、我が騎士団に敵うはずもあるまい」

兵士の言う通り、上空から屈強《くっきょう》な騎士たちを背に乗せた魔獣が現れ、銀翼を羽ばたかせながら次々と地に降り立った。

音に聞こえた、アマトーレのグリフォンライダーだ。彼らがいるんじゃ、とても走っては逃げ切れない。

僕は迅速な決断が迫《せま》られた。

……捕まってはダメだ。アマトーレはまだ邪悪《じゃあく》な力に冒《おか》されていないと思うが、僕たちの言うことはきっと信じてくれないだろう。

とはいえ、叩きのめすわけにもいかないので、ここは逃げる！

「『黒き魂の傀儡《ダークボルーション》』っ！」

僕は集まってきた兵士と騎士たち全員に向けて魔法を放った。これはレベル8の闇魔法で、まあ簡単に言うと相手の意識を奪う効果がある。

これを喰らって兵士たちはバタバタとその場に倒れ、騎士たちもグリフォンの背から落ちていく。

もしレジストされたら最悪手荒《てあら》な手段を取ることも考えたけど、無事全員気絶《きぜつ》してくれたようだ。

空飛ぶグリフォンライダーが相手では、たとえ僕でも手こずっただろう。ルクは空を飛べないし。魔法が効いてくれて本当によかった。

といっても僕は魔法系上位スキル『魔導鬼』も持ってるし、効いてくれるとは思っていたけどね。

フィーリアから継承された闇魔法が役に立った。『高速詠唱《ショートカット》』スキルのおかげで、詠唱も素早くできたし。

なお、闇魔法のレベル3には『精神消失《ブラックアウト》』という似た効果の魔法もあるんだけど、屈強なグリフォンライダーたちには効かないかもしれないので、上位の『黒き魂の傀儡《ダークポルーション》』を使ってみた。

まあグリフォンたちには効かなかったみたいだけど。

マスターが突然倒れちゃったので、グリフォンたちは所在《しょざい》なげにしている。

「さすがユーリ殿、あとはコイツらを殺せばいいんだな？」

「ダメに決まってるだろソロル！　今のうちに逃げるんだ！」

ソロルは物騒すぎるぞ。

そういや、アマゾネスって男に容赦なかったっけ。ちょっとずつ常識を教え込まないとな。

僕たちは門に繋いであった馬を奪い、それに乗って逃走することにした。

兵士たちは当分目を覚まさないし、起きても魔法の影響でしばらくは記憶を失っているはずだ。逃げる時間は充分あるだろう。

僕らの中で『乗馬』スキルを持っている人はいなかったけど、王女であるフィーリアには乗馬の経験があったので、一応それなりに操《あやつ》ることはできた。

僕は学校である程度は習っていたから、なんとか操れるような感じだ。

以前フィーリアが『聖なる山ハイゼルン』へ儀式をしに行ったとき、僕は馬に乗ってあとをつけていたんだけど、あのときは凄くゆっくりの移動だったからね。走らせるのはやはり得意じゃない。

馬車を使うばかりじゃなく、もう少し乗馬の練習もしておくべきだったか……今さら後《こう》悔《かい》しても遅いけど。

拝借《はいしゃく》した馬は二頭。とりあえずフィーリアの後ろにはリノが乗り、僕の後ろにはソロルが乗って走らせた。

ルクには自力で走ってもらってるので、スタミナが心配だけど、見ている限りでは余裕綽々《しゃくしゃく》で付いてくる。これなら大丈夫かな。

僕たちは拙《つたな》い手綱《たづな》捌《さば》きで馬を走らせ、アマトーレをあとにした。

2. エルフの少女

ひたすら走り、馬の操作《そうさ》にも慣れてきた頃。

アマトーレから充分離れたところで、僕らは野営することにした。

ちなみに逃げた方角は西――つまり、エーアストからさらに遠い地に移動した。もし東に逃げてしまうと、アマトーレとエーアストで挟《はさ》み撃ちにされてしまう可能性があるからだ。

ましてやアマゾネス村に引き返したら、僕たちのせいで村が大変な目に遭うかもしれない。その意味でも東方に行く選択肢はなかった。

このまま西に逃げ続ければゼルドナ国に辿り着くけど、僕らの手配書が回ってる以上、行っても状況は好転しないだろう。

それに、贅沢《ぜいたく》を言える立場じゃないけど、ゼルドナはあまり行きたくない国だ。

北に向かえばフリーデン国、北西にはディフェーザ国があるが、もちろんそこにも手配書は回ってるだろうし……

ゼルドナ国を越えてさらに西へ行くと、最果《さいは》てにパスリエーダ法王国がある。

そこまで行ければひょっとして活路は見出《みいだ》せるかもしれないが、いかんせん遠すぎる。

追っ手などのことも考えると、現状では行くのは無理だ。

あとは北にひたすら行けば世界一の大国、グランディス帝国があるけど、やはり無理してそこまで行く理由が見つからない。

お尋ね者になってしまった以上、僕たちに安住《あんじゅう》の地はなくなってしまった。いったいどうすればいいのか……

苦しい状況ではあるけど、一日中逃走した疲れを癒やすため、今夜はもう寝ることにした。

厳しい歩き旅の最中ですら賑《にぎ》やかだったリノたちもさすがに疲労困憊《こんぱい》のようで、すぐ眠りに就いたようだ。

明日になれば何か変わるわけでもないが、今はただこの絶望《ぜつぼう》的な状況のことを忘れたかった……

◇◇◇

夜明けが近付き、周りも明るくなり始めた頃、『感知魔鈴《エネミーセンサー》』から聞こえた小さな音で僕は起きた。

すぐにみんなを起こそうと思ったら、五感の鋭いリノも気配に気付いていたらしく、すでに全員起きていた。

もちろん、ルクも起きて相手の存在を警戒している。

「ユーリ、私たち囲まれちゃってるわ！」

「分かってる。かなりの人数だな……」

追っ手に見つからないよう茂みの中に隠れて野営していたんだけど、その周りをすっぽり包囲されてるようだ。

いくら寝ていたとはいえ、僕たち相手にこんな簡単に接近できるなんて、ただ者じゃないな。

僕の『領域支配』スキルは、相手に殺意や敵意があれば鋭敏に反応する。ここまで感知できなかったということは、一応向こうにもまだ敵意はなく様子見《ようすみ》といったところなんだろう。

相手がもし本気で襲撃に来れば、さすがにもっと早く気付けるからね。

お互い相手の出方を窺い、僕たち全員の緊張が高まっていく。

段々包囲網《ほういもう》が狭《せば》まっていき、このまま戦闘が始まってしまうのかと思ったところで、ふと相手から声が漏れた。

「こいつら……目当ての山賊じゃないぜ」

「そうだな、どう見てもただの冒険者だ」

声と同時に、張り詰めていた緊張が一気に薄まっていく。

そして一人、二人と周りの茂みから姿を現したのは、冒険者の一団だった。

その数総勢十五人。てっきり僕たちの追っ手かと思ったけど、先ほどの言葉を聞く限りでは、目的は違うみたいだ。

「お前たち、なんでこんなところで野営してんだ？」

冒険者たちのリーダーらしき男が、僕らに話しかけてきた。

『真理の天眼』で解析してみると、なんとベースレベル88——SSランクだった。

他の冒険者たちも全員SSランクで、戦士、剣士、忍者、神官、魔道士など、ほぼ全職業が勢揃《せいぞろ》いしていた。

なるほど、僕たちが包囲されてしまったのも納得いった。

こんな凄腕《すごうで》冒険者が十五人も揃ってるなんて、むしろこっちが相手の目的を聞きたいところだ。

いや、よく見ると一人だけ明らかに低レベルの女性冒険者がいた。ベースレベル21の狩人で、その外見《がいけん》からエルフということが分かる。

エルフ族は人間離れした美しい姿をしていることが多い。このエルフもご多分に漏れず、輝くようなプラチナブロンドの超美少女だ。

まだ幼く、十五、六歳ほどに見えるが、まあエルフは長寿《ちょうじゅ》なだけに見た目の年齢はアテにならないだろう。

そんな子が、この屈強なSSランクの冒険者たちに混じって何故か一緒にいる。どうも荷物持ちの役割らしく、大袋をいくつも背負《せお》わされていた。

少女の体格的に、この量の荷物を持たされているのはさすがに可哀想だ。一応、荷物には軽量化の魔法がかけられているとは思うが……

荷物袋に軽量化の魔法をかけると、中に収容するものの重量が軽くなり、持ち運びが楽になる。凄く便利だけど、使える人はなかなかいない希少《きしょう》な魔法だ。

僕はリーダー格の人の質問に、ごまかして答える。

「僕たちはちょっと道に迷っちゃって、仕方なくここで一泊してたところです」

「道に迷った～⁉　アマトーレとゼルドナのどっちに用があるのかは知らないが、すぐその道を行けば一直線だぞ？　それにわざわざ安全な道から外れて、魔物に襲われそうな茂みで野営するなんて、お前たちどうかしてるぜ」

仰る通りです。確かに、不審《ふしん》に思われても仕方ない。

続いて、男性は目を丸くしてルクを見る。

「それにしてもでっかい『猫獣《キャットビースト》』だな……一瞬モンスターだと思って、攻撃しそうになっちまったぞ」

「はは、見かけは大きいですけど、大人しい子ですよ。ところで、皆さんはどうしてこんな場所に？」

今度は僕が疑問に思ったことを尋ねてみる。

「ああ、オレたちはアマトーレから山賊退治に来たんだ。この辺にヤツらの根城《ねじろ》があるとようやく掴んだんでな。SSランクが集まって、山賊共を一網打尽《いちもうだじん》にする計画なのさ」

なるほど、アマトーレ所属の冒険者か。『賞金稼ぎ《バウンティハンター》』でもない限り、僕らの手配書をしっかり見ていることはないと思うが……

それにしても、こんなところに山賊のアジトなんてあったのか。

とりあえず、この冒険者たちが僕らを追ってきたわけじゃないと知って安心した。

「思わぬ道草を食っちまったが、山賊の根城はもうそう遠くない。ということで、オレたちは行くぜ。あばよ！」

「あ、ちょっと待ってください！」

冒険者たちがまた移動を始めたので、僕はつい瞬間的に呼び止めてしまった。

「なんだ？　まだ何か用があるのか？」

「いや、そこの荷物持ちさんが大変そうなので……」

エルフの少女が、自分のことを言われたと気付いて僕のほうを見る。

いくら軽量化の魔法で荷物が軽いといっても、そんなにたくさん大袋を担《かつ》いで歩くなんて、かなりしんどいだろう。なので、ちょっと便利なアイテムをあげることにした。

「このアイテムボックス、たまたま一個余ってるからキミにあげるよ」

予備で作っておいたアイテムボックスを少女に渡す。

軽量化の魔法よりも、さらに便利なのがアイテムボックスだ。中身は一辺が三メートルあるから、荷物は全部これに収納できるだろう。

彼らが追っ手じゃないと分かって安心して、僕にもちょっと心に余裕ができた。それで、誰かに親切をしたくなったのかもしれない。

「ほおお、あなたは神様デスか⁉　このワタシに、こんな素晴らしいものをクダさるなんて……！」

エルフの少女は、見開いた目に涙をいっぱい溜めながら、震える声でお礼を言い――

突然バタンと倒れた。

え……？　いったいどうしちゃったの？

僕がビックリしていると、呆《あき》れた表情をしながら、冒険者の一人がエルフの少女を怒鳴《どな》りつけた。

「おいフラウ、起きろこの役立たず！　コイツ、ちょっと感情が昂《たか》ぶるとすぐ気絶しちまうんだ」

な……なんて大げさな子なんだ。冒険者として、そんなことで大丈夫なのか？

今までにもエルフは見たことあるけど、こんな変なエルフは初めてだな。

「アンタ、なんでコイツなんかにこれほどのアイテムをくれるのか知らんが、このアイテムボックスはオレたちがもらっておくぜ。フラウには貸しがあるんでな」

「それはまあ、そちらのパーティーのことなので、その子の荷物が楽になるなら誰が所持者でも構いませんが……」

「へへっ、アンタお人好《ひとよ》しだな。このアイテムボックスの価値は、金貨五百枚以上はあるぜ。よかったなフラウ、お前の仕事が一つ減《へ》ったぞ」

そう言って、リーダーらしき男はエルフの少女にアイテムボックスを渡す。

無事荷物は全部入ったのでホッとした。

「このご恩は一生忘れマセン。何かの機会には、是非恩返しさせてクダサイ」

フラウと呼ばれた少女は僕たちに一礼して、仲間と一緒に山賊のアジトへと向かっていった。

◇◇◇

山賊退治の冒険者たちを見送ったあと、僕たちは少し早い朝食を摂《と》り、そしてまた馬に乗って移動を開始した。

しかし、未《いま》だ行くアテが見つからない。

とりあえずアマトーレからの追っ手が気になるので、少しでも離れようとしているだけだ。

しばらくすると、僕の中である思いがどんどん膨《ふく》らんでいった。

山賊退治に向かった彼らは大丈夫だろうか……？　特に、あのフラウと呼ばれたエルフ少女が気になって仕方なかった。

あのとき仲間に、「フラウ、お前の仕事が一つ減ったぞ」と言われていた。つまり、ほかにも何か役目があるってことだ。

あのSSランクパーティーの中、彼女だけひときわレベルが低かった。

そんな少女にできる仕事ってなんだろう？

それに、たかが山賊退治にしてはSSランク冒険者が十四人も集まるなんて変だ。

もちろん山賊の組織的な大きさや構成員の強さで討伐難度《とうばつなんど》は判断されるが、一般的に今回のメンバーはかなりの戦力過剰《かじょう》だ。つまり、相手の山賊は普通じゃない？

彼らほどの戦力を必要とするくらい、山賊が手強いってことなのかもしれない。

深く考えるにつれ、僕はいても立ってもいられなくなってしまった。

「みんな、申し訳ないんだけど……」

「さっきの冒険者たちが気になるんでしょ？」

「ユーリ様のお考えは見え見えですわ」

「分かりやすいくらい考え込んでたしな」

リノたち全員、僕が悩んでることに気付いていたようだ。

余計なことに構ってる余裕なんか僕らにはない。他人との接触《せっしょく》が増えるごとに、どこから僕らの素性《すじょう》がバレるとも限らないし。

僕が本当に守らなくちゃいけないのは、ここにいるリノとフィーリアとソロルだ。

でも、出会ってしまった以上、彼ら――特にフラウという少女を放っておけない。

様子だけでも見に行って確認したい。無事ならそれでいいんだ。

もし窮地《きゅうち》に陥《おちい》っていたら、僕ならきっと力になれる。

「みんな、こんなときにわがままを言って本当にすまない……」

「なに言ってんだユーリ殿、オレたちは一蓮托生《いちれんたくしょう》だぜ」

「そうよ、私たちはいつだって一緒よ」

「水くさいですわ」

『眷属守護天使《サーヴァント・ヴァルキュリア》』のおかげで、みんなは充分強い。

それでも、危険な目にはなるべく遭わせたくはない。

何かあった場合、山賊は僕だけで倒す。そう固く決意する。

「よし、彼らのところに行こう」

僕らはUターンして、元の道を戻った。

3. 山賊退治

野営した場所まで戻り、リノの『超五感上昇《スーパーセンシティブ》』スキルで彼らの匂いを追っていく。

生《お》い茂る草木の中をしばらく進んでいくと、遠方に洞窟《どうくつ》があることに気付いた。

洞窟の前は多少開けているようだが、よほど注意しないと分からないくらい、自然に隠されている状態だ。普通に他国間を移動しているだけでは、まず発見されることはないだろう。

恐らく、あそこが山賊のアジトだ。

慎重に慎重を重《かさ》ね、注意深く接近していくと、突然リノが口を押さえて草陰《くさかげ》に駆け込んだ。

「うええええぇ、何この匂い……ごめんなさい、耐えきれずに吐いちゃった」

いや、吐いたのも分かる。確かに変な匂いがするからね。五感の鋭いリノにはきついだろう。

それに、僕の『領域支配』スキルでもこの周辺には何か異常なモノを感じる。ルクもいつになく緊張状態だ。

未だSSランク冒険者たちの気配を感じないが、全員洞窟の中に入っているのだろうか？

ゆっくりと近付くにつれ、ようやく事態を理解した。

先ほど会ったSSランク冒険者たちは、洞窟前で全滅《ぜんめつ》していた。全員バラバラに斬り刻《きざ》まれて、ひどい有り様である。

リノがもう一度吐いた。

あの手練《てだ》れの冒険者たちをここまで一方的に虐殺《ぎゃくさつ》できるなんて、ただごとじゃない。

たとえ山賊が想定以上に大勢いたとしても、こうはならないだろう。

ここの山賊たちには何か秘密がある。

あの少女――フラウと呼ばれたエルフは、この遺体《いたい》の中にはいないようだ。

つまり、まだ生きている可能性がある。かなりの美少女だけに、利用価値は非常に高いってことだろうか。

奴隷《どれい》として売れば高い値が付くと思うし、その前にひどい目に遭わされることも充分考えられる。

恐らく、彼女は洞窟の中だ。

もはや一刻の猶予《ゆうよ》もならない。すぐに助けに行かないと……！

しかし、その前に僕は一つの決断を迫られた。

山賊を……皆殺しにする！

中に入ってから躊躇《ちゅうちょ》するようではダメだ。ここで腹を決めて、確実に、かつ速《すみ》やかに実行しなければならない。

僕の現在の強さから考えて、山賊を殺さずに捕縛することは難しくないだろう。

しかし僕たちは今、追われる身だ。情けをかけて、万が一にも自分たちの身が危なくなるような事態は避《さ》けたい。

生かしておけば、ヤツらはどんな卑怯《ひきょう》なことをしてくるか分からない。

何せ、こんな残酷《ざんこく》なことをする悪党だ。僕はともかく、リノたちを危険に晒すことはできない。

申し訳ないが、僕たちも必死だ。誰も殺したくないとか、そんな甘いことは言ってられない。

山賊は全員始末する。僕は迷いを捨てるため、この場で固く誓《ちか》った。

「洞窟には僕だけで入る。リノたちはここで待っててくれ」

僕の言葉に、リノたちは困惑したようだった。

「なんで？　私たちも一緒に行くわ」

「そうですわ、ユーリ様だけ危険な目に遭わせるわけには……」

「オレも力になる！　『眷女』になった今のオレなら、山賊なんかにゃ絶対に負けないぜ」

「いや……僕は今から山賊たちの命を奪う。そんな姿を、みんなには見せたくないんだ……」

僕は今からすることを正直に告白した。

問答無用《もんどうむよう》で皆殺しにするなんて、ひょっとしたら幻滅《げんめつ》されるかもしれない。でも、みんなを守るために、僕が出した最善の結論だ。

たとえ反対されようとも、僕はこの決心を変えはしな――

「いいんじゃない？　別に私は気にしないわよ」

「そうですわ。こんなひどいコトする山賊なんて、生かしておくだけ無駄です。まあユーリ様さえいれば、ほかの誰がどうなろうと知ったことではありませんけど」

「むしろオレは、ユーリ殿が容赦なく暴れ回るところが見たいけどな」

うーん……この子たち、普通の少女じゃないことを忘れてた。

特に異議のある人はいないみたいだね。それはそれで、何かちょっと引っかかる思いはあるけど。

よし、もう迷うことは何もなくなったぞ。

「とにかく、僕だけで充分だからみんなはここで待ってて。中にどんな危険があるか分からないしね。もし何か危険を感じたら、すぐに隠れるんだ。いいね？」

「分かったわ。気を付けてねユーリ」

「ああ、行ってくる！　ルク、みんなを守ってあげて」

「ンガーオ！」

ルクがいれば、まず問題はないだろう。

僕はみんなを残し、アジトの中へと入っていった。

◇◇◇

洞窟の中は、非常に広くしっかりした作りとなっていた。居住するために相当手を加えた跡《あと》があり、侵入者への対策も万全だった。

まさに天然の要塞《ようさい》。山賊たちは長年ここを根城にしていたようである。

ただの山賊団じゃないな。あの多数のSSランク冒険者を一方的に虐殺したようだし、想像以上に手強そうだ。

人数もどれほどいるか分からない。油断することなく、確実に相手の数を減らしていきたいところ。

僕は気配を消しながら、慎重に洞窟内を進んでいく。

先日取得したばかりの『冥鬼』スキルは、特に暗殺に向いているため、こういう状況では非常に頼りになる。

多少の動きでは僕から音も気配も発せられることはなく、そして洞窟に設置された侵入者対策も今の僕には無効だ。

ひんやりとした空気の中スルスルと奥に進んでいくと、当然のように山賊の気配を察知する。

『領域支配』は探知機能も兼ねているので、積極的《せっきょくてき》な索敵もできる。洞窟内の山賊を探すなんて、容易《たやす》いことだ。

やがて、見張りの人間を発見した。

見張りは二人一組での任務《にんむ》らしく、どちらかが足止めして、その間にもう一人が侵入者を仲間に報せるのだろう。

『真理の天眼』で解析してみると、見張りのベースレベルは40そこそこだった。冒険者でいうところのCランク程度だ。

山賊の構成員はかなり手強いと思っていたので、少し拍子抜《ひょうしぬ》けする。まあ見張りだしな。

僕は闇魔法の『精神消失《ブラックアウト》』で、見張りを気絶させる。

アマトーレで使った『黒き魂の傀儡《ダークボルーション》』のほうが強力だけど、相手の強さがどの程度か測りたかったので、下位の魔法を使ってみた。それに、レベル3の『精神消失《ブラックアウト》』ならレベル3『詠唱破棄』の対象でもあるので、無詠唱で撃つことができるし。

予想通り、この程度のヤツらならレジストされることはなかった。

倒れ込んだ見張りたちを、これまた先日覚えた『闘鬼』の技で絶命させる。

『闘鬼』は素手での戦闘用スキル。主に拳《こぶし》の打撃で攻撃するんだけど、その威力《いりょく》はハンパない。

気絶したまま苦しまず永眠《えいみん》できたことが、山賊のせめてもの救いだろう。

ちなみに剣を使わなかったのは、剣では殺害の跡が残って侵入に気付かれてしまうからだ。片っ端から斬りまくったら、洞窟内が血の海になっちゃうからね。

山賊の遺体は、収容用のアイテムボックスを作ってそこへ放り込んでおく。アイテムボックスに生物は入れられないが、死んでいるなら問題はない。


こんな調子で僕は洞窟内を進んでいき、出くわした見張りたちを片っ端から眠らせ、そして息の根を止めていく。今のところ、山賊のレベルは30から50そこそこばかりだ。

あれほどの討伐隊を組んだだけに、もっと強いヤツらの集団と思っていたので、少し意外に思った。でも、SSランクたちを全滅させるだけの何かがあるはず。油断は禁物だ。

途中いくつかの分かれ道があったので、右側から順番に調べていくことにした。

洞窟の奥にはいくつも小部屋があり、居住用に上手く加工されていた。その扉の鍵《かぎ》を、リノから継承した『解錠』スキルでこっそり外す。

薄く開けた扉の隙間《すきま》から、中をそっと窺ってみると、そこには山賊が数人ほどくつろいでいた。

見張りのヤツらより身分は上のようで、ベースレベルは60前後。一応見張りよりは強いけど、まあAランク程度ってところだ。もちろん僕の敵じゃない。

ということで、同じように気絶させたあと皆殺しにする。

これを何度かくり返して、山賊たちを次々に減らしていく。

山賊《ヤツら》の強さはともかく、やはり数はかなり多いようだ。

洞窟内をしらみ潰《つぶ》しに行き来していくと、ある通路の最奥《さいおう》で、何か異質な気配を感じた。

どうもほかの居住区とは雰囲気《ふんいき》が違う。今まで調べた中には無人の倉庫や食料庫などもあったが、ここはそういう部屋とも違って確実に人の気配はする。

ただ、何かがおかしい。

たとえば、ほかの居住区はほんのり暖《あたた》かかったが、この近辺は洞窟内の温度そのままでかなり肌寒い。そして妙に匂いも強い。

間違いなく人はいるはずだが、『領域支配』で索敵しても山賊のような気配ではない。

こんなところに、いったいどんな人が？

扉を解錠して隙間から覗いてみると、そこには……

薄着――というかほぼ半裸《はんら》の状態で、女性たちが牢獄《ろうごく》に入れられていた。手枷《てかせ》、足枷《あしかせ》もハメられている。

どうやら排泄物《はいせつぶつ》をあまり掃除してないらしく、匂いが強かったのはそれが原因のようだった。

中には見張りはおらず、ロクに灯《あか》りもついていない牢獄の中で、女性たちは身を寄せ合ったまま死んだように動かないでいる。

こんな状態の部屋なら、見張りはいなくて当然だ。普通なら耐えられないだろう。

彼女たちは生きているようだが、寒さや病気でいつ死んでもおかしくないような状態だ。

なんてひどいことを！

あのエルフ少女を攫《さら》った疑《うたが》いがあったから、ひょっとしてほかにも被害者がいる可能性は考えていた。しかし、想像以上の実態だった。

元から山賊に情けをかけるつもりはなかったが、これで改めて決意が固まる。ヤツらを生かしておく必要はまったくない。

僕は部屋の中に入り、女性たちに話しかけた。

「大丈夫ですか、皆さん。僕はあなたたちを助けに来ました」

「だ……れ……ですか？」

「山賊退治に来た者です。もうしばらく待っていてください。ヤツらを全員倒してきますので」

「まって……待ってください！　あ……あの男には絶対に勝てません、山賊と……ボスとは戦わずに、私たちをここから出してください」

「そ……そうです、戦ってはダメです、まずは私たちを逃がして……！」

倒れていた女性たちが次々に起き上がり、牢獄から出してほしいと懇願してきた。

どうやら山賊のボスは相当強いようだ。あのSSランクたちを返り討ちにしたのも、そのボスの仕業《しわざ》かもしれない。

「はやく……お願い早く出してください」

「しっ……皆さんお静かに、ほかの山賊たちに気付かれてしまいます」

「もうここにいるのはイヤッ、すぐに出してええっ」

「大丈夫です、絶対に僕は負けませんから！」

「無理、無理よぉっ」

「アイツは怪物よ、お願いだから逃がしてえええっっ」

まずい、騒ぎが大きくなり始めた。

もはや正気《しょうき》を失って発狂に近い。よほどひどい目に遭わされて、絶望しているのだろう。

僕がいくら安心させようとしても、まるで聞く耳を持ってくれない。

そんなにボスは強いのか⁉

「すみません皆さん……『精神消失《ブラックアウト》』！」

不本意ではあるが、騒ぎ立てる女性たちを気絶させた。

『睡眠魔法《スリープ》』でも大丈夫だったと思うが、眠りが浅いと起きてしまう可能性がある。また騒がれてはまずい。

できれば彼女たちを先に逃がしてやりたくもあるが、こんな大勢で移動するのは無理だ。

今は我慢《がまん》してもらうしかない。

ほかの部屋もそっと調べたが、全部女性が囚われているだけだった。

この区画は奴隷部屋なんだろう。彼女たちはみんな放心状態だった。

僕は声をかけることなく、この場を去る。

申し訳ないが、このまま事が終わるまでここで待っていてもらおう。

山賊め、もう絶対に赦《ゆる》さないぞ！

4. 超戦士ナンバーズの力

洞窟内の調査は進み、見つけた端から山賊を殺していく。もうかなりの数を掃討したはずだ。

たまたまなんだろうが、山賊の強さが出会うごとに強くなっている。

しかしそれでもレベル70前後といったところで、持ってるスキルも大したレベルではない。

この程度のヤツらでは、あのSSランク冒険者たちには歯が立たないだろう。つまり、彼らを返り討ちにしたヤツは別にいる。

囚われの女性たちがボスの強さに心底怯《おび》えていたけど、まさかボス一人であのSSランクたちを全滅させたのか？　にわかには信じにくいが、それ以外考えられない状況になりつつある。

十四人のSSランクを一人で倒すなんて、以前戦った鋼糸《こうし》使い――あの『百手』という凄腕の殺し屋ですら不可能と思われる。

いや、待て。確かＳＳＳランクの冒険者で、犯罪者に身を落としたヤツがいたはずだ。

どこかで暴れ回っているって噂《うわさ》だったけど、ひょっとしてそいつがボスという可能性も？

数多《あまた》の冒険者の頂点となるＳＳＳランクの強さは、当然凄まじいモノだ。

その中でも最上位の七人は特別な存在——通称『ナンバーズ』と呼ばれ、彼らの戦闘力はもはや人間離れしているとのこと。

まさに英雄級。SSランクが何人かかろうとも、『ナンバーズ』一人にすら勝つことは難しいだろう。

確かその『ナンバーズ』の序列四位が突然消えて、お尋ね者になったという噂が流れたが、真相は分からなかった。

すっかりそんなこと忘れていたが、ここに来てふとそれを思い出した。

消えたという『ナンバーズ』は元々素行《そこう》不良だったらしいけど、その強さは桁外《けたはず》れで、難度の高い討伐を幾度も完遂《かんすい》したという。本当にボスがそいつなら、厳しい戦いになるかもしれない。

◇◇◇

いくつにも枝分かれした通路を右から順番に攻略していったが、最後に残った一番左のこの通路まで、ボスと出会うことはなかった。

途中、豪華な内装の個室――恐らく、かなり上位の地位にいる山賊とも出会ったが、それでもレベル70後半程度だった。

そして残りはここの最奥だけ。

『領域支配』スキルで探った感じでは、明らかに大物の気配がある。

間違いない、ボスだ。たまたま右から調べていったけど、左から行ってれば、いきなりボスとご対面だった。

まあこれほど凄い気配だけに、たとえ最初に出くわしたとしても僕は油断しなかっただろうが、最後でよかった。

囚われの女性とも会ったし、ボスに対する心構えが違う。

これまで以上に慎重に接近し、隙を突いて一気に倒そうと思っていたら……

「おい、何者だ？　入ってきやがれ！」

ドアの向こうからボスらしき男の声が！

なんと、暗殺系の『冥鬼』スキルで行動している僕の気配に気付くなんて⁉

こいつ……手強い！

ドアに手をかけてみると、鍵はかかっていなかった。罠《わな》に注意しながら、ゆっくりとドアを開けて中へと入る。

「なんだ、どんなヤツかと思いきや、まだガキじゃねえか。だがお前普通じゃねえな。オレは見た目だけで相手を判断しねえ。お前が強いってのはビンビン感じるぜ」

中にいた男――山賊のボスは、ヴァクラースに匹敵《ひってき》するほどの筋骨隆々《きんこつりゅうりゅう》とした巨体で、それでいて切れ味鋭いナイフのような、鋭利《えいり》な佇《たたず》まいを感じさせた。

コイツは本物の強者だ。

ボスの部屋は個室としては無意味なほど豪華で、そして今まで調べてきた中でも圧倒的に広い。数十人が入って大宴会ができるほどだ。

その部屋の壁際《かべぎわ》には、これまで盗《ぬす》んできたであろう金銀財宝が山積《やまづ》みになっている。

そういえば、今まで調べてきた部屋に、格別に高価そうな宝を置いてあるところはなかった。全部独《ひと》り占《じ》めにしているってことか。

「お前……さっきの冒険者共とは別口で来たっぽいな。お楽しみの最中だったんでうっかり気配を見逃しちまったが、まさかお前一人で手下たち全員を殺っちまったのか？」

「お楽しみの最中……？」

そうボスに言われて部屋を見渡してみると、奥にあるベッドの上に、裸の少女が四肢《しし》を縛り付けられていた。

あの美少女エルフの冒険者――フラウだった。

「た、た、たすけてクダさぁい……」

フラウは涙で顔をくしゃくしゃにしているが、一応なんとか無事らしい。

思った通り、アジトの中に連れ込まれていたか。どうやらギリギリ間に合ったようだ。

僕は『真理の天眼』でボスの力を解析してみる。

ベースレベル……125だと⁉　やはりあの消えた『ナンバーズ』か？

レベルに比例してステータスが非常に高く、そして所持しているスキルも軒並《のきな》み高レベルだ。

さらにコイツ、『称号』を持っている！　称号は通常、選ばれたわずかな人間しか授かれないが……そりゃSSSランクになるようなヤツなんだから、称号くらい持っていて当然か。

称号は『暴君《ぼうくん》』というSSランクのモノ。

えーっと、どんな能力だっけなあ……とにかく相当強力なのは間違いない。

あと、『壊鬼《かいき》』ってスキルも持っているな。これは……解析してみると、『斧術《ふじゅつ》』と『腕力』が融合した上位スキルみたいだ。

さすがに凄いな。桁外れの強さと言われるだけはある。

僕は男に話しかけた。

「あんた、消えたって言われてるSSSランク冒険者の人か？」

「お前、そこまで分かってるのに、オレのこと知らねえのか？」

「じゃあやっぱり『ナンバーズ』序列四位の……？」

「ボルゴスだ、覚えとけ！　まあ今からお前は死ぬけどな」

ボルゴス……そうだ、そんな名前だった！

英雄とまで言われながら、本当にこんな犯罪者になっていたんだな。残念なヤツだ。

「『ナンバーズ』にまでなりながら、どうしてこんなことを？」

「けっ、何が『ナンバーズ』だ。危険な仕事で散々《さんざん》人をこき使っておきながら、報酬《ほうしゅう》なんて大してもらえねえ」

「そんなはずは……」

「バカヤロー、山賊になりゃあ好き勝手やり放題で、このお宝の山だぜ。オレほど強けりゃ何も怖くねえ。お前もなってみるか、山賊に？」

「なるわけないだろっ！」

「そうか……お前のような強い部下が欲しかったところなんだが仕方ねえ。お前をブッ殺して、また一から手下を集めるしかねえな」

山賊のボス――ボルゴスの殺気が一気に膨れ上がる。

洞窟内のかなりの広さがある部屋にて、ボルゴスとの戦闘が始まった。

「ククク ッ、悪いがこの部屋の中じゃ、お前はどうやってもオレには勝てねえぜ。逃げる場所がねえからな！」

ボルゴスは片手で巨大な斧を振り回す。『斧術』と『腕力』が融合した上位スキル『壊鬼』を持っているだけあって、斧での戦闘力は凄まじい。

その上、この斧ちょっと普通じゃないぞ。振り回す度、斧からいくつも鋭い風刃《ふうじん》が放たれて、僕に襲いかかってくる。

ボルゴスは余裕の笑みを浮かべながら口を開く。

「これは『風斬りの斧』っつう魔装備だ。こんなの見たこともねえだろ。真空波で八《や》つ裂《ざ》きにしてやる！」

なるほど、僕の持っていた『炎の剣』と同じような武器か。さすが元ナンバーズ、この程度の武器は持っていて当然って感じか。

……そうか！　この武器でSSランク冒険者たちをバラバラにしたんだな。

確かにこの真空波は凄い。屈強な冒険者たちが手も足も出なかったのも分かる。

しかし僕の所持スキル——相手の先の行動が見える『超越者の目《デウスプレディクト》』と、圧倒的な回避力を持つ『幽鬼』のおかげで、僕には一切当たらない。

ま、仮に喰らったとしても、それで窮地になるほど僕の耐久力はヤワくないけどね。僕はベースレベルも４００だし、申し訳ないがレベル１２５のボルゴスとは基礎能力がまるで違う。

真空波を避けつつ、ボルゴスに『精神消失《ブラックアウト》』の上位版『黒き魂の傀儡《ダークボルーション》』を撃ってみたけど、このクラス相手には効かないようだ。

これほどのヤツだ、簡単には状態異常にはならないだろう。やはり接近戦をやらなきゃダメか。

「このガキ、まさかこれほどやるとは……!?　だがそれもここまでだ、これを喰らえっ『死の暴圧《ぼうあつ》』っ！」

ん？　なんだ？

ボルゴスを中心に、爆風《ばくふう》が一気に広がるように、何かが僕の身体を通り抜けた。

部屋という限定された空間内だけに、逃げ場はまったくない。

「ひゅごっ、あがが……」

奥のベッドにいたフラウにもそれは届いたようで、白目《しろめ》を剥《む》いて口から泡《あわ》を吹いている。

『真理の天眼』で解析してみたら、今のは『威圧《いあつ》』の超強化版で、喰らうと麻痺、混乱、恐怖、幻覚、気絶、そして一時的なレベルダウンという複合状態異常になってしまう技らしい。ショック死することもあるとか。

そうだ、思い出した！

『暴君』って称号は、威圧することで相手の戦闘力を著しく下げるという特徴があるんだった。

こんなの喰らったら、SSランクたちじゃひとたまりもなかっただろう。

ほぼどんな相手にも何らかの悪影響《ペナルティ》を与えるはずだけど、『異常耐性』、『頑丈』、『耐久』の三つが融合したスキル『竜体進化』を持つ僕には、一切効果がなかった。

やはりこのスキルをレベル5に上げておいてよかった。

まあボルゴスより僕のほうがベースレベルも遙かに上だし、仮に喰らっても、多分致命的な状況にはならなかったと思うけどね。

「バカな……お前、『死の暴圧』をレジストしたのか⁉」

ボルゴスが僕の様子を見て驚愕《きょうがく》している。

どうやら今のが奥の手だったらしいな。それじゃあ、ぼちぼちこっちからも攻撃させてもらうとするか。

「くそっ、だがどの道オレには近づけねえ！」

ボルゴスはやたらめったらと斧を振り回し、大量の真空波で攻撃してくる。

それなりに広いとはいえ、しょせんここは部屋の中だ。縦横無尽《じゅうおうむじん》に飛び交うこの真空波からは、普通に考えて逃げ場はない。

しかし、僕はそれらを軽く躱しつつ、『滅鬼』スキルでボルゴスに近付いていく。

『滅鬼』は、『刃術』と『敏捷』が融合したスキルで、近接戦闘にめっぽう強い。回避特化の『幽鬼』と近接戦闘用の『滅鬼』があれば、至近《しきん》距離でもそう簡単に敵の攻撃は喰らわない。

「こ、こいつ、来るなっ！　まさかお前っ、人間じゃないのか!?　こんなことがっ……！」

ボルゴスから余裕が消え、表情が徐々に凍《こお》りついていく。

解析で見たところ、ボルゴスの所持スキルは、攻撃系はかなり強いけど防御に隙がある。

『死の暴圧』と『風斬りの斧』があるおかげで、守りを軽視《けいし》して攻撃重視でスキルを育てたんだろう。

それは間違っていないが、万が一相手に近付かれてしまったら脆《もろ》い。

間近まで接近した僕は、ボルゴスの振るう斧を左手で受け止める。これは『武術』と『腕力』スキルが融合した『闘鬼』の力だ。

威力を上手く殺せば、斧すら受け止めるのは難しいことじゃない。

「ばっ、化け物……」

そのまま『闘鬼』スキルの必殺技で、ボルゴスの息の根を止めた。

せっかく作った『竜牙の剣《ドラゴンソード》』の出番はなかったね。

攻撃魔法を使わなかったのは、奥にいるフラウまで巻き添えにする可能性があったからだ。

ここより広い外で戦えば、もっと楽にボルゴスを倒せただろうな。

最上級SSSランク冒険者――世界最強クラスと言われる『ナンバーズ』の序列四位でも、今の僕の敵ではなかった。

あの怪物ヴァクラースを倒そうと思ったら、この程度で苦戦はできないよな。セクエストロ枢機卿の力は、さらに未知数だし。

無事全てを終えて、僕はリノたちのもとへと戻った。

◇◇◇

「やっぱりユーリは凄いね！　絶対大丈夫だと思ったけど、ホントに一人で全員やっつけちゃったんだ」

「さすがユーリ様！　ユーリ様ならこれくらい当然と思っておりましたので、全然心配なんかしてませんでしたわ」

「え～？　フィーリアってば、さっきまでオロオロ落ちつかずに歩き回ってたじゃない。まだかしら、まだ終わらないのかしらって」

「そうそう、もう耐えられませんわ～って半泣きしてたよな」

「お、お二人ともっ、余計なことは言わないでちょうだい！」

「ンガーオ」

思ったよりも洞窟内が広くて時間がかかっちゃったから、待っていたみんなは結構心配してくれてたようだ。

フィーリアが少し強がっているけど、実は僕が洞窟から出てきたとき、三人とも泣きながら抱《だ》きついてきたんだよね。心配かけちゃって申し訳ないことしたなって、僕も胸が熱くなったよ。

そもそもリノとフィーリアは、命懸《いのちが》けで僕を助けに来てくれたこともある。洞窟を出るのがもう少し遅かったら、僕に何かあったのかと勘違《かんちが》いして、リノたちも入ってきちゃったかもしれない。

でも、やっぱり僕だけで行ってよかったよ。万が一、何かの形でボルゴスとリノたちが出会っちゃったら、結構危険だった。

彼女たちではまだとても敵う相手じゃないし、人質《ひとじち》にでもされたら大変なことになってたな。

とりあえず、リノたちに手早く事情を説明して、後始末を開始する。

囚われの女性を解放してあげなくちゃね。

牢獄に行ってみると、彼女たちはまだ目が覚めてなかった。

手枷足枷を解錠したあと、優《やさ》しく起こす。

ひどく憔悴《しょうすい》していたので、体力回復のためにエクスポーションを配《くば》った。

ほかの部屋の女性たちは僕が先ほど来たことすら知らなかったから、いきなり助けが来てビックリしていた。

　彼女たちも同じように解放してあげて、体力回復のアイテムを配る。囚われていた女性は、全部で四十人ほどいた。

　そして食料庫にあった食べ物を持ってきて、その場で食べさせた。どの順番でやっていけばいいのか悩んだが、何はさておき、まずは腹ごしらえだろうと思ったのだ。

　やはりロクに食べてなかったようで、みんな食料にむしゃぶりついた。

　そこで一息ついて、ようやく自分たちが助かったことを実感したようだった。

「本当に、本当にあのボスを倒したんですね⁉」

「あんな怪物を倒せる人がいるなんて、信じられない……！」

「あなたは神様です！」

　女性たちがいっせいに抱きついてきて、僕は揉《も》みくちゃにされた。それを見たリノたちは、なんとも苦い顔をしている。

　うう、フィーリアの暗黒パワーが高まってるような気が……爆発される前に慌てて女性たちから離れることに。

「そ、それでは皆さん、洞窟から出ましょう」

　僕が女性たちを外に案内している間、リノたちにはボスの部屋にいるフラウを救出しに行ってもらった。フラウは素《す》っ裸《ぱだか》で拘束されていたから、僕では近寄りづらくて……

ボルゴスの『死の暴圧』によってフラウはずっと気絶していたものの、なんとか無事救出できた。後遺症《こういしょう》なども特にないようだ。

それはいいんだけど、リノたちが「ユーリ、あの子の裸見たのね？　まさかエッチなことはしてないでしょうね？」とか、「ユーリ様に肌を晒すなんて、この娘、生かしておくわけにはいかなくなりましたわ」なんて物騒なことを言い始めて、ちょっと大変だった。

もちろんすでに服をリノたちに着せてもらったので、もう裸じゃない。

しばらくするとフラウは目を覚まして、自分が助かったことを理解した。

相当怖かったようで、助かった安堵からわんわん泣いていると、突然静かになってまた気絶した。

そういやこの子、感情が昂ぶると気絶しちゃうんだったっけ？

まあそんな感じで、一通り救出作業を終えたのだった。

◇◇◇

「あなた様はワタシにアイテムボックスをクダさった、あのときの神様……山賊のボスに勝っちゃうなんて、ホントの神様だったのデスね！」

気絶から再び目覚《めざ》めたフラウが、僕を見て感涙《かんるい》している。

改めて彼女を見ると、やはり凄い美少女だ。エルフ族は通常の人間よりも大抵綺麗《きれい》だけど、それを考慮《こうりょ》しても、フラウは一段と飛び抜けた容姿《ようし》をしていると思う。

プラチナブロンドのストレートロングで、身長は百六十二センチほどかな。手足は細長く、エルフ族特有のスレンダーな体型をしている。

まあリノとフィーリアも負けず劣《おと》らずの美少女だし、ソロルは外見もさることながら、凄いボディの持ち主だけど。

「危《あや》うくあんな男相手に、四十年守っていた純潔《じゅんけつ》を散らすところデシタ。このご恩は一生忘れマセン……はうう」

そう言って、ボルゴスの恐怖を思い出したのか、フラウはまた気絶した。

うーん、話が全然進まないな。純潔を散らすっていうのは……そういうことかな。

しかし、外見ではどう見ても十五、六歳くらいなのに、実年齢は四十歳なのか。

さすが長寿族エルフ、侮《あなど》れない……

それにしても、以前も解析で見たけど、フラウのベースレベルが21というのはだいぶ低いな。四十歳といっても、冒険者になったのは最近なのかな?

エルフは長寿な上、魔力なども人間と比べて高いので、基本的には高レベルの人が多い。

まあ冒険者になるエルフはあまりいないから、人数としては少ないんだけど。

中には数百歳なんてエルフもいるみたいだが、レベル的には飛び抜けて高くはならないようだ。

それだけ長生きだと、レベル200とか300なんていそうだよな。でも、そういう話は全然聞かない。

何故なら、エルフなどの長寿種族はある程度成長の上限が決まっていて、レベルが上限に近付くと成長が緩《ゆる》やかになるらしいからだ。

ちなみにフラウは『弓術《きゅうじゅつ》』が得意で、『神聖魔法』も使えるとのこと。よって、彼女の戦闘職は『弓使い』ではなく『狩人』だ。

『神聖魔法』は主に『神官』が使う魔法で、回復や防御、支援《しえん》などの効果がある。『神官』のほか、『狩人』や『聖騎士』も一部の『神聖魔法』が使える。

『森の妖精』なんて呼ばれることもあるエルフは、『狩人』になる人が比較的多い。

またフラウが気絶から目覚めたので、話の続きをする。

レベル21なのに、何故SSランクと一緒にこんな危険な任務を請《う》け負ったのか。どう考えても、フラウの実力には不釣《ふつ》り合いだ。

「あのデスね、実はワタシずっと冒険者に憧《あこが》れてマシて、十年前に一大決心して村を出たんデスけど、全然才能がなかったみたいでして……」

ええっ、十年でレベル21？　そりゃ相当な落ちこぼれ冒険者だな……

「色々依頼を受けてもロクに稼げず、日々食べるのにも困る生活デシタ。エルフ族の村ではあまりお金のことは考えずに暮らしてマシタので、金銭《きんせん》感覚もよく分からなくて、ちょこちょこ生活費を借《か》りてたら、知らないうちに凄い借金地獄になっちゃってたんデス」

うーん……この子ってちょっと純粋《じゅんすい》すぎるというか、かなり世間知らずな感じだし、ダマされちゃったりしてるのでは……？

この子といっても、僕より二十歳以上年上なんだけどね。

「あのSSランクの方たちからもお金を借りてマシて……。返済がもうどうにもならず、今回の任務を失敗したら、彼らには身体でお返ししたあと、奴隷に売られるというお約束デシタ。身体でお返しするって、どういうことかよく分からないんデスけどね。奴隷になったらもう冒険者ができなくなりそうで、困ってたところデシタ」

こ……この子、もはやギリギリの崖《がけ》っぷちだったんじゃないか。

この危機感のなさ、ドジっ子とかのレベルを遥かに超えてヤバいぞ。というより、すでに人生が詰んでいる状態だった気がする。

それに、『身体で返す』ってことの意味が分かってなかったのか。その状況になってたら、凄く驚いただろうなあ……コレは教えないほうがいいな。知らずにいたほうが多分幸せだ。

どうも『奴隷に売られる』ってことの過酷さも理解していないみたいだし、いくらエルフとはいえ、世間知らずにも程があるだろ……

「今回の任務では、ワタシは荷物持ちと、囮役《おとり》を任されてマシタ。ワタシが山賊たちの前に行けば、絶対に追いかけてくるだろうと。できるだけたくさん引き付けて、その間にSSランクの皆さんがアジトを制圧する作戦だったんデスが、戻ってみたら、皆さんが全滅してたんデス。ワタシは捕まってしまって、ボスに襲われ……」

あ、また気絶した。

この調子じゃ当分の間、フラウは悪夢に悩まされそうな気がする。

まあだいたいのいきさつは分かったし、このまましばらく寝かせておくか。

殺した山賊たちの後始末については、アイテムボックスに入れたままではさすがに哀《あわ》れなので、埋葬《まいそう》することにした。

『属性魔法』の土魔法で大穴を掘《ほ》り、そこに山賊たちを入れたあとまた埋《う》める。遺体を収容していたアイテムボックスは消去した。

SSランクの人たちの遺体は、山賊とは別の場所に丁寧《ていねい》に埋葬した。

山賊退治はこれでやっと一段落。さて、問題はこれからだ。

僕とリノたちは、このアジトに住むことを選んだ。

現状、お尋ね者の僕たちには行く場所がない。このままじゃ野を彷徨《さまよ》うだけだし、それならばしばらくここで過ごそうかなと。

問題は、このアジトの場所がどの程度知られているのかだが、SSランクの人たちが『ようやく根城の場所を掴んだ』って言ってたことを考えると、それほど知られてない気がする。

どのみち、アテのない旅をするよりはマシだと思うので、しばらくはここで暮らすつもりだ。

あとは囚われていた女性たちをどうするかだけど、今の僕たちでは元の場所に送ってあげることができない。安易にウロウロと歩き回るわけにはいかないからね。

そのことを説明したら、彼女たちももうしばらくはここに住むことに決めたようだ。

いずれ彼女たちの捜索《そうさく》隊が近くに来るかもしれないし、下手《へた》に動くよりはここで僕らと一緒にいたほうが安全だろう。今後どうなるか分からないけど、まあ出たとこ勝負だ。

第三章　最強への進化

1．新しい生活

山賊のアジトを奪ってから一週間。

最初はこのアジトがどの辺にあるか正確な場所が掴めなかったんだけど、囚われてた女性たちの証言やフラウが持ってた情報から、北にフリーデン国、東南東にアマトーレ国、西南西にゼルドナ国という、近隣《きんりん》三国の中間辺りに位置しているらしいことが分かった。ややアマトーレ寄りっぽいけどね。

ほかにも北東にはカイダ国、北西にはディフェーザ国が、それほど遠くない距離に存在している。

僕らがアマトーレから逃げたときは馬を飛ばして丸一日走ったので、馬車の移動速度で考えると、恐らくアマトーレから馬車で三日分ほどの距離ってところだ。様々な国が周りにあることで、この近辺は多くの人々が行き交うから、山賊としては仕事がしやすかっただろうな。

そしてアジトについて。洞窟内はいくら灯りをともされてようとも、やはりジメジメして暗い。

贅沢を言えるような状況ではないけど、僕やリノたちは、二、三日過ごしただけで気が滅《め》入《い》ってしまった。

あんな場所にずっと閉じ込められてた女性たちに、心底同情したよ。

それで思い出したんだけど、僕には『高次建築魔法』があった。これでどんな住居が作れるのか、ちょっと試してみることにした。

早速経験値を３０００万ほど使ってレベルを10にし、どんどん建造作業をしていく。

レベル10の『高次建築魔法』を持っている人はまずいないだろう。そして僕はベースレベルが400なので、MPも腐《くさ》るほど有り余っている。

アジトの周りには木も石もたくさんあったので、惜しむことなく魔法をバンバン使い、一日でお城のような住居を作り上げた。

そんな巨大な構造物を作ったら誰かに発見されやすいと思うかもしれないが、そこもちゃんと考えてある。建物には遠方からは見えなくなる隠蔽《いんぺい》結界をかけたのだ。これで、かなり接近されない限り気付かれることはない。

何故そんな魔法を僕が使えるかというと……

実はフラウに、『眷属守護天使《サーヴァント・ヴァルキュリア》』をかけることができた。

リノたちのときと同様、近付いただけでスキルが反応したんだ。

フラウに説明をしたら、助けてもらった恩返しのためにも、是非『眷女』になりたいと言ってくれた。ということで、彼女も『眷女』の仲間入りに。

そのおかげでフラウの所持スキルが僕にも継承された。

フラウは低レベルながら『結界魔法』を持っていた。それを継承した僕は、レベルを10にして、住居に結界を張ったのだ。

『結界魔法』はレベルアップに通常の倍の経験値がかかるため、使用したのは2000万ちょっと。

ほかにもフラウからは『神聖魔法』、『神術』、『弓術』、『乗馬』などのスキルを継承した。

少し考えて、『乗馬』以外をレベル10まで上げておく。

すると、またいくつかのスキルが融合して上位スキルに進化した。

『神聖魔法』と『結界魔法』が融合して『神域魔法』になり、『弓術』と『精密』は『閃《せん》鬼《き》』というスキルになった。

『神域魔法』は結界の上位版のような魔法で、『閃鬼』は遠距離狙撃《そげき》能力が非常に高いスキルだ。

あと、『神域魔法』に融合されても、『神聖魔法』はそのまま使える。

僕たちチームには回復魔法や防御系魔法がなかったから、フラウが『眷女』になってくれて助かったよ。これでますます僕に隙がなくなった。

ストックしてた経験値はだいぶ減って、残り7000万になっちゃったけどね。

そしてフラウには『戦巫女《シュヴェルトライテ》』の称号が付いて、リノたちと同じようにステータスが大幅に強化された。『眷属守護天使《サーヴァント・ヴァルキュリア》』は本当に有能なスキルだ。

ちなみに、エルフ族は神様からスキルを授かる『神授の儀』をしないらしい。そのためフラウはレアスキルを持っていないとのこと。

ほかの女性たちにも一応『眷属守護天使《サーヴァント・ヴァルキュリア》』を試してみたけど、フラウ以外は全員スキルが無反応だった。

どういう基準《きじゅん》で選ばれているのか分からないが、何かの資格を満たさないと恐らく『眷女』にはなれないのだろう。片っ端から『眷女』が作れれば、色々と強化できるんだけどね。残念。

住居については別の場所に建《た》てることも検討したが、結局アジトの前にした。

理由は、ここ以上に安全な場所を探すのが難しいと思ったからだ。

山賊たちがアジトに選んだだけあって、この辺りはモンスターの脅威が少ない。だからこそ、近くに街道も通っている。

それに周辺五ヶ国――ゼルドナ、カイダ、アマトーレ、ディフェーザ、フリーデンのほぼ中心に位置しているので国境面でも複雑《ふくざつ》なところがあり、各国も積極的な討伐がしづらい状況だと思われる。

問題はこのアジトがどの程度近隣諸国に把握されているかだけど、依頼を請け負ったフラウが言うには、あまり知られていない可能性が高いとのこと。

情報の確認も兼ねてSSランク冒険者たちがやってきたものの、全滅してしまったためこの詳細は不確定のままだろう。

さらにありがたい話として、冒険者の連中はあまり山賊討伐に積極的ではないらしい。SSランクたちが仲間を募《つの》ったときもなかなか集まらず、仕方なくフラウを囮に使うことにしたとか。

山賊が相当手強いことは分かっていたようで、ほかの冒険者たちは尻込《しりご》みしてたみたいだ。SSランク冒険者が十四人で合同パーティー組んだくらいだから、よほど危険な仕事と思われていたんだろう。実際、全員返り討ちに遭っているし。

これなら、当分の間は討伐に来る冒険者はいないかもしれない。

僕の不可視《ふかし》結界で外からも遮蔽《しゃへい》されているし、そう簡単には見つからないはず。

ちなみに進入禁止の結界もあるが、無闇《むやみ》に張ると、何かがそこにあるということを知られてしまうので、逆に見つかりやすくなってしまう。そう安易には使えないのだ。

ということで、僕たちの隠遁《いんとん》生活が始まった。

◇◇◇

新しい環境《かんきょう》で僕たちの日々は流れ、そして本日また神様から経験値をもらう日になった。

今回は約21億5000万ほどもらうことができた。とうとう20億超えである。

ストックしてあった7000万と合わせて、現在の所持経験値は22億2000万。

そして女神様からのスキルは、以前取り損ねた『物理遮断《しゃだん》』だった。

これはSランクスキルで、取得には100万経験値が必要となる。もちろんすぐに取って、2億5000万ちょっと経験値を使ってレベル8に上げた。

これで、物理ダメージを75%カットできるようになった。

『物理遮断』は、レベルが上がるほどダメージカットする割合が高くなる。レベルを10にすれば、なんと95%もカットできるようになるのだ。

僕は『竜体進化』レベル5で肉体強度もかなり強化されているから、75%カットでも大抵の攻撃ではダメージを受けないはず。とはいえ防御は大事なので、いずれレベル10まで上げようと思っている。

今回の強化のメインは僕のベースレベルだ。

『眷属守護天使《サーヴァント・ヴァルキュリア》』は、僕のレベルに比例してリノたち『眷女』のステータスも上がる。まずはそれを優先的に上げていきたい。僕自身も強化されるし。

ということで経験値約15億1000万使って、僕のベースレベルを700にした。

これによって、リノたちは全員レベル200以上のステータス値になった。

僕は全能力が万遍《まんべん》なく高いので、それを加算された彼女たちも全能力が上がっている。

まあステータスは高くても、彼女たちの戦闘スキルはまだレベルが低いので、力押しの攻撃になっちゃうだろうけどね。

たとえば、リノはスピードもパワーも並の冒険者より遥かに高いが、『刃術』や『体術』スキルは低いので、テクニカルには戦えない。

フィーリアは魔道士だけど、まだ高レベルの魔法は使えないし、魔力操作や詠唱にも時間がかかる。ただしステータスが高いので、低レベルの魔法でも威力は大きいという感じだ。

ソロルだけは戦闘スキルもなかなか高い。元々SSランクの強さはあったので、すでにSSランクの力があるかもしれない。

とにかくスキルのレベルだけは自力で上げなくてはいけないので、今後の彼女たちの課題は、頑張って有用なスキルを育てていくことだ。

残りの経験値4億6000万ほどは、このままストックしておくことにする。

来月は40億の経験値がもらえそうだし、まだまだガッツリ強化しまくってやるぞ。

ヴァクラースたち相手には、いくら強化しても足りないくらいだ。呆れかえるほど強くなってやる！

◇◇◇

「見てクダサイご主人様、凄いデスよー、この落ちこぼれのワタシが、こんなに強いなんて！」

フラウが最近習得した弓術の技で、モンスターたちを狩りまくる。

『眷属守護天使《サーヴァント・ヴァルキュリア》』で『眷女』になったフラウは、以前とは比べものにならないほど強く

なった。

それが相当嬉しいらしく、レベリングに来ると率先《そっせん》してモンスターを倒したがるのだ。

こういう冒険者の姿に、ずっと憧れてたらしい。

僕たち――フィーリア、ソロル、フラウ、そして僕は、レベル上げのためにモンスター狩猟に来ていた。

みんなの戦闘訓練も兼ねているので、基本的にはモンスターは彼女たちが倒している。

僕はそばで見守ってるだけだ。

ちなみに、リノとルクは住処《すみか》で留守番《るすばん》している。

何かあったときのため、交代制で誰かに残ってもらっているのだ。今回はリノがその当番だった。

ルクがいればまず大丈夫だろうけど、一応周辺には探知結界も張ってある。怪《あや》しいヤツが来たら即座に僕たちが戻る手はずだ。

「フラウさん、わたくしにも魔法の練習をさせていただきたいですわ」

フラウが片っ端から射殺《いころ》してしまうので、出番のないフィーリアが不満を漏らす。

弓を使うフラウはモンスターを遠距離から狙撃できるため、レベリングでは大活躍だ。

誰が倒しても経験値は均等に分配されるから、フラウだけ活躍しても特に問題はないんだけど。

「ああスミマセン、ワタシが強すぎちゃって、皆さんの出番がないデスね」

「お前なー、ユーリ殿のおかげでステータスが異常に高いだけで、技は全然未熟だからな。あまり自惚《うぬぼ》れるんじゃねーぞ」

うーん、フラウってば意外に調子に乗るタイプなんだな。ソロルの言う通り、油断しないよう注意してもらいたいところだ。

ちなみに、フラウは僕のことを『ご主人様』と呼ぶ。恥ずかしいからやめるようにお願いしたんだけど、なら神様と呼びますとか救世主様にしますとか言うので、仕方なくご主人様でOKにした。


あれからまた一ヶ月経ち、神様から経験値をもらう日になっていた。

今回は約43億もらえて、ストックの4億6000万と合わせて計47億6000万。

そのうち約23億ちょっとの経験値を使って、僕のベースレベルを999にした。

予想通りというか、レベルは999が限界だった。これで一応、上限には到達した。

ヴァクラースのレベル520を遥かに超えたわけだが、もちろんこれで簡単に勝てるとは思っていない。アイツは強力なスキルを持っているはず。

ヤツを倒すにはベースレベルを上げるだけじゃなく、強力なスキルも必要不可欠《ふかけつ》だ。

もう負けることは許されない。エーアストの動向に注意しながら、ヤツに絶対負けないという状態になるまで、可能な限り時間を稼いで自分を強化する。

さて、今回女神様からのスキルは、以前にも出た『魔法遮断』だった。

先月の『物理遮断』に続いて、これはちょうどいいスキルだ。この『魔法遮断』も『物理遮断』と同じく、レベルが上がるほどダメージカットする割合が高くなる。

いずれ最大まで上げようと思っていたし、せっかく物理と魔法の防御スキルが揃ったので、両方ともレベル10に上げた。

すでにレベル8だった『物理遮断』には約7億7000万、『魔法遮断』には約10億2000万ほど経験値がかかったが、これで物理も魔法もダメージが95％カットできるようになった。

と思ったところで、なんと『物理遮断』と『魔法遮断』が融合して最上位スキル『神盾の守護《イージスフィールド》』に進化した。

なぜ最上位と分かるかというと、『神盾の守護《イージスフィールド》』にはレベルが存在しないからだ。

つまり、これ以上は上げられないらしい。スキルランクも、最高のVランクだ。

その『神盾の守護《イージスフィールド》』は、ただダメージを減らすだけではなく、あらゆる負《ふ》の現象・効果も全て99％カットしてくれる。

要するに、僕はほぼ全ての攻撃的干渉《かんしょう》を受けないということだ。

当然、ブレスや特殊攻撃などのダメージも99％カットしてくれる。『竜体進化』レベル

５も合わせると、もはやよほどのことでもない限り、僕がダメージを受けることはないだろう。

状態異常攻撃もほぼ無効になると思う。これはとても頼もしいスキルを手に入れた。

残りの経験値６億７０００万は、そのままストックしておくことにした。

そんな感じで、僕のレベルをＭＡＸにしたことで、リノたち『眷女』はレベル３００を超えるステータス値まで上昇した。基礎スキルや戦闘スキルが育ってなくても、相当強い状態だ。

さすがにナンバーズだったボルゴスくらいの相手にはまるで敵わないとは思うが、SSランク程度になら、力押しだけで勝てそうな気がする。

ソロルに至っては、完全にＳＳＳランク級だ。

リノたちのステータスはもう充分と言っていいほど。あとは戦闘スキルの育成のため、ここ一ヶ月レベリングしているのだが、各自まだ30万ほどしか経験値が稼げていない。

この辺は大したモンスターがいなくて、そこそこの強敵ですらトリプルホーンなんだよね。

かといって、住処を離れて遠くまで行くわけにもいかないし……

アマゾネス村でドラゴンを倒したとき、リノたちがそばにいれば経験値が分配されたんだけどなあ、と今になって思う。

あのドラゴンは、経験値を500万持っていたんだよね。それを僕一人で全部もらってしまった。

ソロルはそばにいたけど、あの時点では僕の仲間とは判定されなかったらしい。

この辺りの分配は、ただそばにいれば誰でももらえるというわけじゃなく、お互いの信頼関係などで決まってくる。

ルクは一緒に戦ってくれたけど、獣やモンスターは経験値ではなく、基本的には時間で成長していくので分配されなかった。

勿体《もったい》ないことしちゃったなぁとは思うが、あのときはどうしようもなかったから、今さら悔《く》やんでも仕方ないか。

「よぉーし、今度はこの距離から狙っちゃいマスよー！」

かなり長距離から、モンスターを弓で狙うフラウ。最近覚えた『精密射撃《エイミングショット》』という技がお気に入りで、色々と性能を試したいらしい。

気持ちは分かるが、ちょっと遠すぎるのでは？

「とぉりゃああ～っ！」

気合《きあ》いを入れてフラウは弓を放つ。しかしやはり思った通り、少し距離がありすぎたようだ。

矢は獲物《えもの》の横をスルリと通り過ぎてしまった。

「ははっ、残念だったなフラウ。よし、今度はオレの番だ！　行くぜぇぇっ！」

と叫ぶや否《いな》や、ソロルがモンスターへぶっ飛んでいった。

あ〜もう、勝手に行動すると危ないって言っているのに……

すぐに僕も追って後ろのフラウやフィーリアにも指示を出そうとしたとき、背後のその気配に気付いた。

しまった、大したモンスターなんていなかったものだから、つい油断してしまった。

なんと、アマゾネス村の近くで出会った巨大猿――ギガントエイプが突然現れたのだ。

こんなところにもいたのか！

僕は飛び出したソロルをうっかり追ってしまったため、後ろの二人とは少し距離が離れてしまった！　危ないっ！

いや、彼女たちの強さはもう相当なモノだ。僕が行くまでほんの数秒、なんとか自分たちで対処できるはず……と思ったら、フラウはビックリして気絶してしまった。

おいおい、お前が守ってやらないとダメだろ！

フィーリアは魔法の詠唱に時間がかかるし、近距離戦闘も不得手《ふえて》な魔道士だぞ⁉

まずい、狙撃スキルの『閃鬼』が間に合うか⁉　僕が無詠唱で撃てる魔法はレベル３までだし、この距離では届くか微妙《びみょう》だ。

慌てて僕が弓を構えたところで、フィーリアの怒号《どごう》が。

「うおおおおりゃあああああっ！」

フィーリアは矢のようにギガントエイプの懐《ふところ》に飛び込み、ジャンプしたまま強烈なパンチを打ち放った。

その一撃で、ギガントエイプは即死した。

うーん……フィーリアは魔道士とはいえ、僕のステータスが大きく加算されてるので、スピードもパワーも並みじゃなかったか。

何せ、『眷女』たちはレベル３００を超えるステータス値だからね。それも全能力が平均して高い化け物クラスだ。

フィーリアは『武術』スキルを持ってないのでひどいパンチだが、当たりさえすれば、ケタ外れの威力を発揮する。今回はそれが功《こう》を奏《そう》した。

しかし、いくら詠唱している時間がないとはいえ、とっさにこんなコトができる魔道士はいないだろうな。

絶世《ぜっせい》の美少女王女であるフィーリアのイメージが、どんどん壊れていく……まあいいけど。

気絶から目が覚めたフラウは、フィーリアに土下座《どげざ》で謝《あやま》って今回のことは一件落着した。

2. 超レアスキル次々とゲットです

リノたちのレベリングをしつつ、僕たちの日々は過ぎていく。

ただ時間が過ぎるのを待つだけでも、僕はどんどん強くなる。

通常は無駄な時間をどれだけ減らして訓練するかがカギなんだろうけど、僕にとっては無事平和に過ごしていくことが何よりも重要だ。

これまでに基礎スキルは一通り強化を終えた。あとはレアスキルをどれだけ育てられるかだ。幸い、今のところエーアストに不穏《ふおん》な動きはないため、ここでじっくり構えることができている。

日々のレベリングにより、リノたちもかなり強くなってきた。戦闘の心配も少なくなったし、この調子で可能な限りパワーアップしたいところ。

そうそう、フィーリアに『光魔法』の練習をお願いしたら、あっさり習得してくれた。

フィーリアはすでに『闇魔法』を持っていたので、今まで特に『光魔法』の練習はしてなかったんだよね。『光魔法』と『闇魔法』は相反《あいはん》する性質があり、両方習得するのは非常に難しいからだ。

　それなのに、こうも簡単に『光魔法』を覚えてくれるとは……というか、フィーリアには『闇魔法』よりも、むしろ『光魔法』のほうが才能があった。たとえば、スキルアップに使う経験値が『闇魔法』よりも『光魔法』のほうが少なくて済むのだとか。

　考えてみれば、元々『闇魔法』は僕を麻痺させようというロクでもない目的で覚えたモノであり、まさに根性《こんじょう》で習得したと言ってもいい。

　フィーリアは通常の『属性魔法』も使えるし、魔道士の才能がかなりありそうだ。

　そして、フィーリアが『光魔法』を習得したことにより、『眷属守護天使《サーヴァント・ヴァルキュリア》』で僕にも継承された。

　それが目的でフィーリアに練習をお願いしたんだけどね。

『光魔法』はスキルアップに通常の倍の経験値が必要なので、経験値2000万ほど使ってレベルを10にする。すると、『属性魔法』、『光魔法』、『闇魔法』の三つが融合して、『界域魔法』に進化した。

　攻撃魔法の上位スキルだけに、この『界域魔法』の威力はレベル1でも凄まじい。あまりに強すぎて、逆に使いどころが限定されるかもしれない。

　ちなみに、『界域魔法』に融合されても、『属性魔法』などはそのまま使えるようだ。

　僕が異常なペースで強くなっていくので、さすがにリノたちも不思議に思って理由を訊いてきた。

本当のことを話そうか悩んだが、神様とのいきさつはやはり言いづらい。結局、リノたちにはウソの説明をすることに。

僕が『神授の儀』で授かった能力は、『神人《かみびと》』という『勇者』を超える称号だということにした。そのあまりの責任の重さに今まで言えなかった……という、それらしい理由も付け加えて伝える。

これにフィーリアが「ユーリ様はやはり神に選ばれたお方だった！　一生ユーリ様に付いていきます！」と大歓喜しちゃって、少し罪悪感が出てしまった。

選ばれたわけじゃなく、神様を騙《だま》しちゃっただけだからなあ……

改めて神様、本当にスミマセンでした。でもそのおかげで、あのヴァクラースたちにも対抗できそうです。

◇◇◇

「ンガーオ、ンガーオ！」

「ただいま、ルク。お留守番ご苦労様」

数日後。本日のレベリングから帰ってくると、僕の気配を感知したのか、住処の外までルクが飛び出して出迎えにきた。そのままゴロゴロと喉を鳴らして、僕の腰に身体をこすり続ける。

猫はクールな性格が多く、飼い主が帰ってきてもあまり興味を示さなかったりするんだけど、毎回ルクは犬のように甘えまくるのだ。

「ルクちゃんって、ユーリにばっかり甘えるよね。まるで恋人みたい」

「ルクさんは自分のことを人間と思ってるかもしれませんわよ」

「ユーリ殿も村守様には優しいし、なんか妬《や》けちゃうよな」

まあこんなに懐かれて僕も悪い気はしない。寝るときもいつも一緒だしね。

テイムしたモンスターもこんな感じになるのかな？

「皆さぁん、夕食の用意ができマシタよー！」

今日の留守番だったフラウが、僕たちの帰りに合わせて夕食を作ってくれてたようで、住処の中から呼びに来た。

主に料理を作ってくれてるのは、山賊から解放した女性たちだ。ほかにも、彼女たちは色々と家事をやってくれている。

ここでの生活で、僕らはいくらか農業もするようになった。

山賊が残していった食料はたくさんあるものの、それもいつかは尽きる。そのため、自《じ》給自足《きゅうじそく》をしようと思ったのだ。

農家が使うような栽培《さいばい》用の種はなかったので、周辺から食用になりそうなものを見繕《みつくろ》って、それを畑に植えることにした。

囚われになっていた女性たちは農村出身が多かったため、この手の作業はお手のものだった。

僕らは農業はサッパリだったから、大変助かった。一応、フラウは植物系について詳《くわ》しいらしいが。

肉に関しては、僕たちがレベリングついでに狩猟で調達している。

あとは果物などをなんとかしたいところだけど、囚われてた女性たちはお腹いっぱい食べられるならなんでもいいみたいだ。

女性たちを未だに元の場所に送ってあげられなくて、僕としては申し訳なく思っている。

ただ、彼女たちにそれほど気にしている素振《そぶ》りはない。

僕たちに気を遣《つか》ってくれているのかもしれないが、みんな楽しそうに毎日を過ごしている。

山賊たちに虐待《ぎゃくたい》されていた日々を思えば、普通に暮らせるだけでも幸せなのかもしれない。

◇◇◇

そしてまた神様から経験値をもらえる日がやってきた。

今月は約86億である。いよいよ来るところまで来たという凄さだ。

ストック分と合わせると90億超え――なんと92億５０００万となった。

女神様からのスキルは、『巨人兵創造』というSSランクスキルだった。これは魔導人形――つまりゴーレムが作れるスキル。元クラスメイトも似たようなスキル『人形製作士《ゴーレムメーカー》』というのを持っていたっけ。

ただし、この『巨人兵創造』のほうが、クラスメイトのスキルよりも能力が上らしい。『人形製作士《ゴーレムメーカー》』はＳランクだったしね。

このスキルを経験値１０００万で取得し、追加で3億使ってレベル5まで上げる。

そして早速一体ストーンゴーレムを作って、この住処を守らせることにした。ルクもいるし、これなら万一のことがあっても、そう易々《やすやす》とは攻《せ》め落とされないだろう。

ゴーレムの大きさは十メートルまで作れるようだけど、あまり大きくても逆に不便になりそうなので、五メートルにしておいた。

その分スピードをアップさせたから、かなり小回りは利《き》くはずだ。魔法耐性も上げておいたので、簡単に破壊されることはないと思う。

戦ってみないと分からないが、ＳＳＳランク冒険者三～四人ならそれなりに相手できるだろう。

なお、ゴーレムを作る数には限りがあり、強いゴーレムほど製作できる数は少ない。仮に全力で強くしちゃうと、一体しか作ることができない。

追加でゴーレムが作れないようでは不便なので、今回のストーンゴーレムは五割程度の力で作った。今のところはコレで充分。スキルレベルは5で保留しておこう。

次に、経験値を22億4000万使って『眷属守護天使《サーヴァント・ヴァルキュリア》』をレベル8まで上げた。

これでリノたちの基礎能力に、僕のステータスの40%が加算されることになった。

レベル換算《かんさん》でいうと、リノたち『眷女』はレベル450相当のステータスになっている。

ここまで強化されれば、リノたちでもSSSランク冒険者と渡り合えるかもしれないな。

ソロルなら、最上位クラスと言われる『ナンバーズ』相手はともかく、通常のSSSランクにはもう負けないような気がする。

ルクは、変身前ですら相当強い上、真の姿『キャスパルク』となれば、もはやドラゴンすら敵じゃない。

『眷属守護天使《サーヴァント・ヴァルキュリア》』をレベル10にすればリノたちはさらに強くなれるが、それには77億近い経験値が必要となる。

さすがに消費が大きいので、しばらくはレベル8で保留にしておこうと思う。

ほか、先日覚えた『界域魔法』を6億使ってレベル5にした。

『界域魔法』は強化に必要な経験値が通常の上級スキルの倍——つまり、レベル2にするのに『斬鬼』などでは２０００万経験値だったのが、『界域魔法』では４０００万経験値が必要。ほかよりもスキルアップが大変だ。

ただ、『界域魔法』は強すぎるので、レベル5でもう充分かもしれない。

それと、8億弱の経験値を使って『装備強化』スキルをレベル10にした。

これは全員の装備を＋10に強化できるので、優先的に上げた。

あとは12億使って、『魔道具作製』スキルをレベル7にした。

これも大変便利なスキルで、レベル7に上げたことにより、状態異常攻撃に対する耐性を装備に付与することができた。これでリノたちも、そう簡単に状態異常になることはないと思う。

さらに、採取してあったドラゴンの血から神秘の秘薬『エリクシール』も作れるようになった。

これは、身体欠損《けっそん》を除《のぞ》くほとんど全ての大怪我を完全回復できるうえ、魔力も全快してくれる究極《きゅうきょく》のアイテムだ。

もの凄く希少で、ダンジョンの最下層にでも行かないと、まず手に入らない。

アマゾネス村で、念のためドラゴンの血を採取しておいてよかった。

いざというとき、『完全回復薬《エリクシール》』があれば本当に心強い。『神聖魔法』にある最高の回復魔法でも、瀕死《ひんし》から回復させるのは難しいからね。

最後に、レベル3だった『斬鬼』、『幽鬼』を、各5億6000万経験値ずつ使ってレベル6に上げ、そしてレベル1だった『超越者の目《デウスプレディクト》』を、6億2000万経験値使ってレベル6まで上げた。

強化したいスキルはいっぱいあるけど、基本的に僕は剣で戦闘するので、それに必要なスキルを優先した。

残り約23億6000万の経験値をストックして、今月の僕の強化を終えた。

来月は100億超えの経験値がもらえるかな……？

ちなみに、ゴーレムを使えば、女性たちを近隣の国に送ってあげられるかもと思ったんだけど、彼女たちはもう少しここにいたいということだった。

ゴーレムだけに送らせるのも不安だったので、彼女たちがこのままでいいと言うならそれでいいか。

◇◇◇

僕たちがアマトーレを逃げてからすでに三ヶ月が経ち、奇縁《きえん》から始まった同居生活もいつの間にか日常へと変わっていった。

相変わらず世間と断絶している状態ではあるが……

ただ、ここは周辺五ヶ国――アマトーレ、ゼルドナ、フリーデン、カイダ、ディフェーザのちょうど中間辺りであるため、行商人が近くを通りかかることが多い。

タイミングよくそれを察知できたときは、僕らも旅の冒険者というフリをして、さりげなく行商人に接触する。色々と世間の情報を聞き出すためだ。

世界の状況がどうなっているのか警戒は怠っていなかったが、今のところ特に不穏な動きはないようだ。今後も情報は随時《ずいじ》手に入れていきたいと思ってる。

それはそうと、一緒に暮らす女性たちが、少々おかしな行動をするようになってしまって……

「ユーリさん、汚《よご》れた服はありませんか？　あれば是非私に洗《あら》わせてください」

「あ、ずるーい！　私が洗濯《せんたく》します！」

「待って、今日は私の番よ！」

僕は下着だけ自分で洗って服の洗濯はお願いしていたんだけど、最近ではその仕事を取り合うようになっちゃったのだ。

食事の用意なども、みんなで争《あらそ》うような勢いで配膳《はいぜん》してくれる。おかげで僕の前には料理がずらりと並び、食べ終わる頃には毎回お腹がはち切れんばかりだ。

挙《あ》げ句には、下着まで洗いたがる状況に。

こんな有り様なので、トラブルを避けるためにも、なるべく自分のことは自分でするようになってしまった。

『生活魔法』というスキルがあれば汚れ物を綺麗にするのは簡単なんだけど、あいにくここには持っている人はいなかった。

『眷女』の誰かが覚えてくれれば僕にも継承されるが、リノたちには無理っぽいな。この手の家事は苦手《にがて》みたいだし。

ほかにも、僕が行くところに女性たちがやたらと付いてきたがる。というか……なんと僕を誘惑するような行為までしてくるようになった。

はじめは偶然《ぐうぜん》かと思ってたんだけど、妙にそういう状況に遭遇するので、ちょっとおかしいなと。

僕をからかっているのかとも思ったが、割と本気っぽい雰囲気を感じるようなことも……

何せここには僕しか男はいないから、女性たちが意識してくるのは分からないでもない。

でも、いきなりあんな状況やそんな状況になってしまうとこっちも大変だよ。

彼女たちは色々と手を替え品を替え僕に迫ってくるが、リノやフィーリアが断固としてそれを阻止してくれるので、まあ助かっている。

ただ、僕を心配してやってくれてるわけじゃないからね。というより、本当に手強いのはリノたちのほうで……

それこそ、そこまでする？　ってくらいあの手この手で強引に僕を襲ってくる。

部屋のカギなんて、リノが簡単に開けちゃうんだよな。仕方ないから、僕の部屋に強力な結界を張った。

ソロルも強引で、たまたま二人っきりの状況にでもなろうものなら、いきなりスイッチが入って、その凄まじい破壊力のボディを僕に押し付けてくる。

まるで獲物を狙う野獣のような様相《ようそう》だ。アマゾネスってやっぱり怖い。

さらに困ったのはフラウで、僕が行こうとした場所に先回りして待ち受けてるんだ……下着姿で、しかも何故か緊縛された状態で。

「今日もたくさん失敗してスミマセン、どうぞご主人様の好きなようにオシオキしてクダさぁい」

と、こんなことまで言ってくる調子だ。どうやら自分で緊縛して、わざわざあられもない姿になっているらしい。

ボルゴスに襲われたことで、何かに目覚めちゃったのではないだろうか……？

なりふり構わず仕掛けてくる女性たちに、僕の心は日々かき乱される。

なんでみんなそんなに暴れん坊なんだ？　こっちは普通の距離感で接していきたいのに。

ルクだけが僕の心のオアシスだ……あ、この子もメスか。でもモフくて幸せ……

こんな調子で、僕らの毎日は過ぎていくのだった。

◇◇◇

時が経ち、また神様からの経験値をもらう日がやってきた。

……今回は100億ちょうどだった。倍々でいくなら170億を超えるはずだったんだけど、どうやらもらえる経験値は100億が限界らしい。

さすがに上限はあったか……いや、もう充分すぎるけどね。これ以上神様に望んだら、それこそ天罰が当たる。

先月のストック分と合わせて、現在約123億6000万の経験値だ。

そして今回の女神様のスキルは、『重力魔法』というSSSランクのスキルだった。

SSSランクをゲットしたのは初めてだ。取得には1億かかった。レベル10にするには1000億以上の経験値が必要となる。

多分もの凄く強いんだろうけど、レベル10まで上げるのにこのままでは一年ほどかかってしまう。

さすがにそんなに待てないので、経験値30億を使ってこのスキルはレベル5で保留とした。まあレベル5でも充分すぎるとは思うんだが。

実際、すでにこれ無敵じゃないの？　っていうほどの凄い魔法があるんですけど。

ただ、解析してみたら『霊体《ゴースト》』系や『粘体生物《スライム》』などには、『重力魔法』は効きづらいらしい。威力の調整も難しそうだし、使いどころには注意かも。

それと、25億4000万使って『詠唱破棄』スキルのレベルを8に上げた。

これでレベル8の魔法まで詠唱無しで使えるようになった。

以前、ギガントエイプにフラウとフィーリアが襲われたとき、とっさに対応できる中距離攻撃がなかったんだよね。『詠唱破棄』のレベルも3だったし。

このスキルを上げたことで、今後は突然の事態などでも安心だ。

僕はベースレベルがカンストの999だし、『魔術』と『魔力』が融合した『魔導鬼』スキルも持っている。レベル8までの魔法を無詠唱で使えるなら、大抵の敵は瞬殺できると思う。

ちなみに、『詠唱破棄』スキルの対象は、『属性魔法』、『光魔法』、『闇魔法』、『神聖魔法』、『結界魔法』などの通常魔法のみ。

『重力魔法』や『界域魔法』、『神域魔法』などの上位魔法は対象外なので、それらはちゃんと詠唱しないとダメらしい。

あとの強化は、超強力な結界が張れる『神域魔法』も、6億使ってレベル5にした。

この魔法も『界域魔法』と同じく、レベル2にするのに通常の倍――4000万経験値が必要だったので、ほかのスキルよりレベルアップが大変だ。

強化した『神域魔法』で住処の不可視結界を張り直したので、よほど近付かれない限りは、ここが見つかることはないと思う。

それと、12億6000万経験値使って『真理の天眼』をレベル7に、22億4000万経験値使って『竜体進化』をレベル8にした。

敵を分析できる『真理の天眼』は重要だし、強靱な耐久になる『竜体進化』も必須《ひっす》スキルだ。

僕の防御はすでにかなり優秀だが、上げすぎて困ることは何もない。どちらもいずれレベル10まで強化したいと思ってる。

ちなみに、『真理の天眼』を上げたことにより、相手の悪意、敵意なども分かるようになった。ある程度、ウソも見抜けると思う。

感情は常時変化するので、過信《かしん》してはまずいけど、少なくとも勘違いでいきなり戦闘になるような事態は避けられそうだ。

最後に12億6000万経験値使って、優秀な感知スキル『領域支配』をレベル7にした。

ここまで上げれば、『感知魔鈴《エネミーセンサー》』やルクを遥かに超える危険感知力になったはずだ。

これで滅多なことでは敵に不意を突かれることはないと思うけど、リノだけは感知をかいくぐって接近できそうな気がする。

恐るべしはリノのストーカー力……

残りの13億６０００万経験値は、またストックしておいた。

さて、気になるのは母国エーアストの動きだけど、未だ静かなままだ。

逃亡したあの日以来、だいぶ僕たちは成長した。とはいえ、まだまだ強化したい部分は残っている。

とにかく時間の許す限り、ギリギリまで自分を強化してから決戦に挑《いど》みたいところ。魔王の復活や王様の安否《あんぴ》など、色々と心配なことはあるが焦ってはダメだ。

もう負けることは許されないのだから……

◇◇◇

また翌月となり、神様から経験値をもらう日になった。

今回も前回と変わらず１００億だった。ストック分と合わせると、１１３億６０００万の経験値。

そして女神様のスキルだが、なんと、なんと、来ましたよ！　レア度頂点のVランクスキル！

『神遺魔法《ロストマジック》』というスキルを10億経験値でゲットした。

とりあえず、追加で経験値60億使って、レベル3まで上げてみる。

いったいどんな魔法があるのか調べてみると、さすがVランク、身体欠損部を元通り修《しゅう》復《ふく》できる魔法とか、瀕死の状態からでも完全回復する魔法など、不可能と言われているようなモノがあった。

ほか『透明化《とうめいか》』、『分身体《レプリケーション》』、『超人化《ハイパー》』、様々な効果を打ち消す強力な『解除魔法《ディスペル・マジック》』、自然現象を操るものなど、全然知らない魔法ばかり揃っている。

『分子破壊砲《ディストラクション・キャノン》』という攻撃用の魔法もあるが、効果がよく分からない。相当強いとは思うけど。

『神遺魔法《ロストマジック》』というのは、神の奇跡みたいな魔法が多いらしい。

スキルレベルを上げればさらにとんでもない魔法もありそうだけど、レベル4に上げるには80億経験値が必要となる。

現状では多少持て余しそうだし、しばらくはレベル3で充分かもしれない。

残りの経験値43億6000万ほどは、今回は残しておくことにした。

強化したいスキルがありすぎて、本当に使い道に悩む。状況に合わせて臨機応変《りんきおうへん》に強化したいところだ。

3. 旅の行商人

本日もいつも通りみんなとレベリングをしていると、リノが突然、周囲の異変に気付いた。

「ユーリ、何か変な音がするわ。多分、誰かが襲われてる！」

リノの聴覚《ちょうかく》は『超五感上昇《スーパーセンシティブ》』の効果でずば抜けて鋭い。

僕にも『領域支配』があるが、相手が僕に対する敵意を持ってない場合、感度が鈍《にぶ》ってしまうという弱点がある。

敵意がある相手に対しては、リノよりも遙かに感知力が高いんだけどね。

まさか僕らの住処が襲撃されているのかと焦ったが、住処の周りに張った結界は反応していない。ということは、襲われてるのは恐らくこの辺りをたまたま通りかかった誰かだ。

「行ってみよう！」

僕らは急いでリノが感知したほうへと向かった。

◇◇◇

「こ、これは……!?」

問題の地点に近付き、草木の陰《かげ》から慎重に様子を窺ってみると、そこには山賊に襲われている行商人用の馬車があった。

山賊の数は十人前後。そいつらが、馬車の周りで戦闘をしている。

すでに被害者が出ていて、地面に倒れているのは、恐らく護衛《ごえい》していた冒険者たちだ。

確認できる限りでは、六人ほどやられたみたいだ。

そしてたった今、戦っていた二人の冒険者も斬り倒された。

一歩遅かった……山賊たちはなかなか強いようで、一方的に護衛を全滅させてしまった。

コイツらは、僕が倒したボルゴスの仲間だろうか？　あれから数ヶ月も経って、アジトに戻ってきたってこと？

「うわわっ、助けてくれ〜っ」

と思っていたところに、馬車の中から悲鳴が聞こえてきた。

馬車の主——行商人だろうか？　閉じこもっていたんだろうけど、山賊たちは馬車の扉を破壊し、強引に中へ入っていく。

まずいぞ、すぐに山賊を止めないと！

この場を瞬時に制圧する魔法は……下手な攻撃魔法じゃ、行商人も巻き込んで殺しちゃいそうだし、『麻痺』などの状態異常魔法は、馬車の中までは届かないから……そうだ、『重力魔法』を使ってみよう！

素早く詠唱しながら、僕は馬車のほうへ駆け寄っていく。なんとか間に合えっ！

「地に伏《ふ》せよ、『超圧重力圏《ヘヴィグラビティ》』っ！」

僕が魔法を放つと同時に、馬車の周りを囲っていた山賊たちが、いっせいに地面にへばりついた。

馬車も壊れて潰れ、中にいた人間たちも皆一様《みないちよう》に突っ伏している。

かなり威力をセーブしたんだけど、やはり凄い威力だ。

「ぐおおおっ、な、なんだこりゃ⁉」

「う……うごけねえ……！」

可哀想だが、山賊に情けをかける気はない。僕はへばりついた山賊十人を皆殺しにした。

「さすがユーリ殿、かっけー！」

「素晴らしいですわ、これぞ神の使徒《しと》としての使命」

「いつもながらユーリ強すぎー！　はあはあ、昂ぶる～！」

んー、僕が人を殺すところをリノたちに初めて見られちゃったけど、大丈夫だったみたいだ。

もう僕らは一心同体と言ってもいいし、今さら隠すことなんて何もない。

必要と思ったら人殺しも躊躇しない。そう誓ったからね。

生き残った山賊がいないか確認してから、魔法を解除《かいじょ》して重力を正常に戻す。すると、へばりついていた行商人が身体を起こし、また命乞《いのちご》いを始めた。

「ひいいいっ、た、助けて、命だけは助けてくださいいいいっ」

「安心してください、僕は敵ではありません。山賊は全員やっつけました」

「へっ……ほ、ほんとに？」

行商人――五十歳くらいの小柄な男は、何が起こっているのかを確認するように周りを見回す。

「わ、わたしは助かったのか……あいたたたた！」

行商人が左腕を押さえてうめき声を上げる。

そう、僕も今気付いたところだが、男は左腕の手首から先がなかった。僕の『重力魔法』が届く寸前に、山賊に斬り落とされていたのだ。

命は助かったけど、ギリギリそれには間に合わなかったか……

いや待て、先日覚えた『神遺魔法《ロストマジック》』に、欠損回復の魔法があったじゃないか！

えーと、どれだっけな……あった、この魔法だ。

「『身体欠損修復《ボディリカバリー》』！」

僕が魔法をかけると、行商人の失った左手が徐々に修復され、十数秒ほどで完全に元に戻った。

不謹慎《ふきんしん》ながら、魔法を試せてよかった。

「あ、な、なぁんじゃこれ～っ⁉　わたしは夢でも見てるのか⁉」

「大丈夫ですか？　痛みはどうでしょう？」

「へ？　いや、もう全然痛くもないし、完全に治《なお》ったようだが……」

さすが『神遺魔法《ロストマジック》』、凄い効果だ。

そうだ、瀕死の重傷《じゅうしょう》から回復できる魔法もあったっけ。ほかに誰か助けられないか、倒れている護衛を急いで解析してみる。

……残念ながら、やはり全員死んでしまったようだ。蘇生《そせい》の魔法は、現状では僕も持ってないし、長い歴史の中でも確認されてない。

死者を蘇生できるのは、僕が最初に授かったスキル『生命譲渡《サクリファイス》』のみだ。

「ああ、護衛のみんなは殺されてしまったのか……残念だ。それにしても、あなたはいったい何者ですか？　こんな不思議な力を持ってるなんて、まさか神様なんてことは……？」

「いえ、僕は人間ですよ。ちょっと珍《めずら》しい力が使えるだけです」

「珍しい力ですって？　先ほどの急に身体が重くなったことといい、こんなの見たことも聞いたこともないですよ。おかげでわたしは助かりましたが……」

もうすっかり行商人も平静を取り戻したようだ。

とりあえず、いつまでもここにいてはまずい。土魔法で穴を掘り、山賊たちの死体を手早く埋める。

行商人から少し聞きたいこともある。馬車に積んでいた荷物をアイテムボックスに移して、僕らは住処へと戻った。

◇◇◇

「皆さんお疲れさまデシター。今日はずいぶんお帰りが早いデスね……って、知らないおじさんまで一緒にいる～っ⁉」

「ンガーオ⁉」

住処で留守番していたフラウとルクが出迎えに来てくれ、行商人を見て一気に警戒の姿勢を取った。

部外者が住処《ここ》に来たのは初めてだからね。いきなり連れてきたら、驚くのも無理はない。

「この人はアパルマさん。山賊に襲われてたところを助けたんだ」

僕たちはここに戻ってくる間に、ある程度情報交換をしていた。

アパルマさんはこの住処から北に行ったフリーデン国の商人で、アマトーレ国へ行商に行ったあと、新《あら》たに品を仕入れてフリーデンに持ち帰る途中だったらしい。

そこにあの山賊たちが現れて、馬車が襲われてしまったとのこと。

以前からこの辺りは山賊被害が多かったが、最近ではすっかり被害がなくなった。そのため少し油断してBランク冒険者を護衛に付けたら、あの状況になってしまったらしい。

最近山賊が出なかったのは、僕がボルゴスたちを全滅させたからだ。

少し油断したと言っているが、Bランク冒険者はなかなか優秀。それが八人もいれば通常の護衛としては充分だ。

ただ今回の山賊はかなり手強く、まさに相手が悪かったとしか言いようがない。

ちなみに、今回襲ってきた山賊たちはどうやらボルゴスとは無関係のようだ。

この辺りは周辺国の行商人が行き交うので、元々よく山賊が出現していたらしい。それをまとめていたのがあのボルゴスだったんだろう。

「本当に助かりました。わたしの命があるのはユーリ様のおかげです。荷物は全てお礼として差し上げますので、どうかお納めください」

「ええっ⁉　いや、いただけませんよ。山賊退治は僕らにとっても大事なので、そんなに気にしないでください」

「しかし、失った左手も治療してもらいましたし、何かお礼をしないとわたしの気が済みません」

「そう言われましても……あ、そうだ！」

　僕は突然ひらめいた。

　この住処はずっと世間と断絶しているので、なんとか繋がりが持てないものかと、以前から思案していたのだ。

　アパルマさんがその橋渡しになってくれれば、本当に助かる。

　僕はお尋ね者となっている状況を、正直にアパルマさんに話した。

『真理の天眼』のレベルを上げたので、相手の悪意、敵意などもある程度解析できる。大丈夫、アパルマさんからはまったく悪意などは感じない。

　僕らは手違いから追われる身となっているけど、本当は無実だということを説明した。

　ボルゴスに囚われていた女性たちも、僕のことを救世主だと力説してくれたので、アパルマさんは一切疑わずに信じてくれた。僕も彼を信用して、依頼を持ちかける。

「実はこの住処は世間から隔離《かくり》されている状態で、何も贅沢ができません。全て自給自足で賄《まかな》っています。そこで、アパルマさんには街で色々なものを仕入れてもらって、ここに持ってきてほしいのです。もちろん、それに見合った報酬はお支払いいたします。お願いできませんか？」

「命の恩人からの頼みなら、なんでもお引き受けいたしますよ。もちろん、お代なんていりません」

「いえ、これはちゃんと依頼として取引したいのです。僕はお金には困っていませんので、アパルマさんの望む額の報酬を出すことができます。アパルマさんを、ここ専用の行商人としてお雇《やと》いしたいのです」

「分かりました。わたしには断る選択肢なんてありませんよ。どうかお任せくださいませ」

やった！　これで僕たちの生活は格段に向上するぞ！

お金はたくさん持っているし、もし足りなくなったら、高価な魔道具を好きなだけ作ることもできる。アパルマさんは行商人だから、魔道具の売買も取り扱《あつか》ってくれるだろう。

山賊が持っていた財宝も山ほどあるけど、あれは強奪《ごうだつ》されたものだから、なるべくなら手を付けたくないところだ。

アパルマさんには、荷物運び用のアイテムボックスを渡した。

『魔道具作製』レベル7で作った、一辺が十メートルほどの巨大サイズだ。これならかなりの量を収納できるはず。

「こっ、こっ、これをわたしに？　こんな大きなアイテムボックスなんて、世界のどこにもないでしょう。少なく見積《みつ》もっても、金貨一万枚以上の価値はありますよ」

「たくさん仕入れて持ってきてほしいので、遠慮せず受け取ってください」

「ではありがたく……これならいくらでも荷物を持ってこられますよ。是非ご期待ください」

アパルマさんには、街で買える美味しい料理や食材、お酒、果物、そして女性たちの衣服や、その他様々な必需品を頼んだ。

畑で栽培する作物の種もお願いした。これからは良質な野菜や穀物《こくもつ》も作れるだろう。

実は『神遺魔法《ロストマジック》』に『豊穣の恵み《ハーヴェストグレイス》』という魔法があって、これを使えば農作物がものすご～く豊かに収穫《しゅうかく》できるようになる。だけどロクな作物を育ててなかったから、あまり有効活用できなかったんだよね。

今後は農業が大幅に楽になるはずだ。

あとアイテムボックスは収納物の劣化《れっか》もしないので、料理も作りたてそのままの状態で食べることができる。そのため、いろんな料理をたくさんお願いした。

なお、アイテムボックスは、取り出したいと思えばどこに収納されていようと物品がすぐに出てくる。

全部取り出そうと思えば、一気に外に出すこともできるのだ。

人間は中に入れないので、出し入れは使用者の意思で簡単にできるようになっている。

もちろん、収納した料理などが、中でひっくり返るようなこともない。

大変便利で重宝《ちょうほう》するが、所持者はほとんどいない希少な魔道具なのである。

それとアパルマさんには、街で聞ける色々な情報収集もお願いした。

あまり積極的に情報を探ると、アパルマさんの身が危ない可能性もあるので、無理しない程度に探ってくれればそれでいい。今までは通りすがりの旅人に聞くしかなかったが、これでより正確な情報が分かるようになるはずだ。

今回みたく襲われないように、念のためアパルマさんには護衛用の『土巨人《クレイゴーレム》』も渡した。当然ながら、彼の命令に従《したが》うように作ってある。

できれば小さめに作りたかったんだけど、何せ『巨人兵創造』スキルだからね。二メートル二十センチほどの大きさになってしまった。

クラスメイトのスキル『人形製作士《ゴーレムメーカー》』だと、もっと小さなゴーレムを作ることも可能だったな。僕のはアレより強力なスキルということもあり、仕方ないか。

一応、『土巨人《クレイゴーレム》』の性能もそれなりに強化した。

正確には分からないけど、SSランク冒険者以上の戦闘力は充分あると思う。ＳＳＳランクよりはちょっと弱いかなという感じだ。どんくさいなんてことも全然ない。

この『土巨人《クレイゴーレム》』を四体渡し、普段はアイテムボックスに入れてもらって、いざというときに護衛として使ってもらうようお願いした。

アパルマさんは次から次へと凄いアイテムを受け取って、驚きのあまり呆然《ぼうぜん》となっていた。

そして正気に戻り、僕との交易は商人として多大なメリットがあると思ってくれたようで、是非ともこちらからお願いしたいくらいですとまで言ってくれた。

しばらくゆっくりしたあと、僕たちに別れを告げてアパルマさんはフリーデンへの帰路《きろ》に就いた。

見送りを終えてから、リノが心配そうに話しかけてくる。

「ユーリ、これで大丈夫かなあ。まさかアパルマさん、私たちのことを通報しないよね？」

「僕らのことは悪人じゃないと分かってくれてるし、信頼してもいいと思うよ。外の情報をより知るためにも、彼は僕らに必要だ」

「そうですわね。わたくしの『聖なる眼』で見ても、あの方は問題ありませんでしたし、大丈夫でしょう」

フィーリアもそう言ってくれた。

三週間後、アパルマさんは僕らの元へと戻ってきた。僕たちがお願いした数々の品物を山ほど仕入れて、だ。

アパルマさんは、僕たちの信頼に応《こた》えてくれたのである。

かくして、僕たちの交易が始まった。

◇◇◇

アパルマさんとの交易が始まり、僕たちは様々な物資を手に入れられるようになったほか、他国の情報も詳細に分かるようになった。

聞いた限りでは、エーアストは特に目立った動きはしてないらしい。

まあ間違いなく裏では何か計画を進めているんだろうが、現状ではこれ以上探りようがない。

何かあったときに即対応できるよう、今はただひたすら強化を続けるだけだ。

持ってきてもらった補給物資については、アパルマさんは僕が思っていた以上にいい品を揃えてくれ、僕たちの生活レベルは一気に向上した。

特に女性たちは大喜びで、みんなそれぞれ気に入った服や小道具を持っていった。

やはり女性たちは身だしなみに気を使いたかったらしい。新品の服や化粧道具が手に入り、みんな浮き浮き気分でオシャレを楽しんでいるようだ。

フィーリアも、基本的にはずっと王女のドレスを着てたんだけど、魔道士用のローブと帽子を買ってきてもらったので、現在ではそれに着替えている。

最近はすっかり忘れがちだが、フィーリアは他国にも知られた王女なので、一見してそれと分からないような格好になれたのはよかった。もちろんリノたちも、住処の中では色々と服装を変えて楽しんでいる。

今後はさらに生活品も整っていくだろうから、できることも増えていくはず。アパルマさんにお願いして本当によかった。

その他、調理器具や食器に寝具、作物の種から農作業の道具まで、全て一新できた。

これでますます僕たちの農業も発展する。

ちなみに『神遺魔法《ロストマジック》』の『豊穣の恵み《ハーヴェストグレイス》』は、作物の成長も早くなるし収穫量も大きく増えるんだけど、本来は国家クラスで使う魔法なんだよね。なので、僕たちだけでその恩恵に預かるのは、力を持て余しちゃって勿体ないレベルだ。

いずれもっと大きく有効活用したいと思う。

◇◇◇

ある晴れた日の午後のこと。

「あれ？　ルクはどこにいるのかな？」

今日はレベリングが休みなので、みんなで住処にてのんびり過ごしている。

僕はちょっと思い立ったことがあってルクを探していた。

「ルクちゃんなら、屋上《おくじょう》で日向《ひなた》ぼっこしてたよー」

なるほど、いい天気だもんね。リノに教えてもらって僕も屋上に行く。

屋上に上がってみると、ルクはのっそりと寝そべって昼寝をしていた。

僕の目的というのは、アパルマさんに上質の石けんを買ってきてもらったので、せっかくだからルクを洗ってあげようかなと思ったのだ。

まあ特に汚れが目につくわけじゃないんだけど、ソロル曰く、ルクは水浴びもしたことないらしい。だとすると、毛繕いだけでは取れないような汚れがあるかもしれない。

石けんには薬用成分も入っているみたいだし、一度洗ってあげたいと思っていたんだ。

「ルク、綺麗にしてあげるからちょっとおいで！」

「ンガアアアアアアオ」

ルクは大きくあくびをして、身体をうぬ～っと伸ばしたあと、ノソノソと起き出す。

この辺の仕草はやっぱり猫といったところだ。

ルクを連れて、そのまま浴場へと向かう。中に入って戸を閉め、洗う準備をすると、急にルクがそわそわして暴れだした。

ここから逃げ出したいのか、戸にへばりついてカリカリと爪を立てる仕草もする。

あ、そういえば猫って水が苦手なんだっけ？　僕は飼ったことなかったから知らなかったけど、確かそんな話を聞いたことがある。

〈んーこれは余計なお世話だったかな？　でも、やってみたら気に入ってくれる可能性もある。

とりあえず、一回くらいは洗ってみよう。

僕は大きなルクを両手で抱えてシャワーの前に行き、温かいお湯を出す。『高次建築魔法』と『魔道具作製』スキルを駆使《くし》して作った、女性たちにも大好評の特製シャワーだ。

ルクも喜んでくれるかなと思ったら……

「オオッ、オオオオオオンッ」

……なんか凄い悲しい顔をして鳴き叫んでいた。そ、そんなにイヤ？

顔が濡《ぬ》れるのが特に苦手そうだったので、飛沫《しぶき》がかからないように注意しながら毛を濡らしていく。

身体全体を湿《しめ》らせたあと、石けんを泡立《あわだ》ててルクの毛を洗ってあげる。毛量が凄いから、石けんを行き渡らせるのも一苦労だ。

「ンゴッ、ンゴッ、ンゴッ、ンゴッ」

なんだその変な鳴き声は⁉　いや、鳴いてるんじゃなくて泣いてるのか？

ルクはピタリと横に耳を伏せ、尻尾をお腹のほうへと丸め込んで必死に耐えている。

なんか可哀想になってきたな。早めに終わらせてあげよう。

またシャワーを出して、石けんを綺麗に洗い流す。

それにしても、モフモフした毛が濡れてペタンとなると、意外に身体は細いんだな。ルクの見かけが半分くらいの大きさになっちゃったよ。

もはやすっかり涙目状態。笑っちゃ申し訳ないけど、ルクがこんな風になっちゃうなん

て結構可愛いな。

濡れた毛をタオルで拭《ふ》いて、魔法で温風をかけながら乾《かわ》かしていくと、ようやくルクにも元気が戻ってきた。

最後に全身を丁寧にブラッシングしてあげたら、ご機嫌になって僕に甘えながらゴロゴロ喉を鳴らし始めた。

ルクからはいい香りが漂《ただよ》い、毛もつやっつやでふっかふかになった感じだ。

泣くほど嫌がっていたけど、今はとても満足そうである。

「どうルク、気持ちよかったかい？」

「ンガーオ！」

よかった、一応喜んでくれたようだ。

「じゃあ、これからは一ヶ月に一回くらいは洗おうか？」

「フオッ、フゴオオオオッ」

僕の言葉を聞いたルクは、目を丸くしながらバタバタと手足を回転させ、すっ飛んで逃げていった。うーん、やっぱり苦手なんだな。

仕方ない、次は一年後くらいにするか……

◇◇◇

というような日々を過ごしつつ、今月もまた神様から100億の経験値をもらった。

そして女神様からのスキルは、以前にも出てきたSSランクスキル『竜族使役《しえき》』だった。

これを1000万経験値で取得する。

これは竜族――つまり最強生物ドラゴンを使役できるスキルなようだが、今のところその予定はない……というか、どこにドラゴンがいるかが分からない。

とりあえず、今はレベル1のまま保留とした。

現在持っている経験値は、先月のストック分と合わせて143億5000万ほどある。

さて、どのスキルを強化しようか……

この前使った『重力魔法』はレベルアップする必要はないかな。非常に強い魔法なので、現状ではレベル5あれば充分だろう。

ちょっと実験のつもりで、『異界無限黒洞《ブラックホール》』という魔法を森で使ってみたら、周囲三十メートルのモノを全部吸い込んじゃったし。

手加減してこれなので、本気で撃ったらどれほどの威力が出ることか……うっかり使えば、味方まで無差別に巻き添えにしてしまう難しい魔法だ。

ちなみに、『重力魔法』は連続では使用できない。たとえば、最初に使った『重力魔法』の効果が残っているうちは、次の『重力魔法』が使えないんだ。

通常の魔法——『属性魔法』や『光・闇魔法』、『神聖魔法』などは、問題なく連発できるんだけどね。

また、『重力魔法』は対象物の重さを変更することもできるので、何か重いものを運ぶときには重宝する。軽量化の魔法よりも圧倒的に効果が大きいので、かなりの重さでもほぼゼロにすることができるのだ。

ただし、一定時間が経つと効果は切れてしまうが。軽量化の魔法とはその辺も違うところだ。

『属性魔法』、『光魔法』、『闇魔法』が融合してできた『界域魔法』も、レベル5のまま上げる必要はないだろう。数十万度の炎とか、マイナス二百七十度の氷結波とか、数億ボルトの神雷とか、あまりに威力が強すぎて使いどころに悩むほどだ。

凄すぎるのも問題だなあ……

実は、すでにヴァクラースより強くなったかも、という慢心《まんしん》気味な気持ちもあるんだけど、相手も同じような魔法を使える可能性は充分ある。

または、魔法を無効にする能力を持っている可能性もある。

やはり油断は禁物だ。

色々と悩んだが、今回は『斬鬼』と『幽鬼』スキルを、それぞれ44億8000万ずつ経験値を使ってレベル9にした。魔法や特殊スキルに頼らなくても強敵と戦えるよう、剣士としての能力をアップしようと思ったのだ。

残りの53億9000万の経験値はストックして、今月の僕の強化を終えた。

今自分はどれくらい強いんだろう？

来たるべき日のためにも、なるべく正確に掴んでおきたいところだが……

4. 再会

アパルマさんとの交易によって僕たちの日常もすっかり満ち足りた生活に変わり、帰る場所のない逃亡者ということを忘れさせてくれた。

山賊に攫われてきた女性たちも、今や完全にここでの生活を楽しんでいる。

アパルマさんにお願いすれば、女性たちはいつでも近隣の国に送ってあげられるから、いずれ時が来ればここを去っていくだろう。それまで、女性たちは好きに暮らしてくれればいいと思っている。

ただ、度々誘惑してくるのが困りものだけどね。

最近ではちょっとやそっとの裸を見ても、動揺しなくなってしまった自分が怖い……

さて、また月日は経ち、神様から100億の経験値をもらった。

ストックと合わせて、現在約154億の経験値がある。

そして女神様からのスキルは、『超力』というSランクスキルだった。これは怪力が出せるスキル『剛力』のさらに上位スキルで、『剛力』を遥かに超える超パワーが出せるらしい。

これを100万経験値で取得して、追加で約10億2000万使ってレベル10にした。

あとはどのスキルを上げるかだが、先月レベル9にした『斬鬼』と『幽鬼』スキルを、合計102億4000万使って最大の10まで上げることにした。

これで剣技に関してはもう隙がないはず……と思ったところで、なんと『斬鬼』と『幽鬼』が融合して、上位スキル――いや『称号』に進化した。

その名も『蜃気楼の騎士《ミラージュナイト》』。『勇者』と同等の、最上位Vランク称号だ。

『蜃気楼《ミラージュ》』という名前の通り、敵の物理攻撃は全て無効となり、そしてこちらが繰《く》り出す攻撃は回避不能らしい。

とまあそういう称号らしいけど、能力が凄すぎてどこまで信用していいんだか分からないな。

たとえば相手も同じ『蜃気楼の騎士《ミラージュナイト》』を持ってたら、果たしてどうなるんだか……まあまず持ってる人なんていないと思うけどね。

ここまでスキルを進化させたのは、多分僕が史上初だろうな。

とりあえず、剣で戦うことに関してはもう不安はなくなった。

残りの約41億3000万の経験値はストックしておくことにする。

自惚れるわけではないが、今の僕がどれほど強くなったのか、力試しをしてみたい。

ヴァクラースたちには追いついたんだろうか？　追い越《こ》せたんだろうか？

戦いを挑みたいところだが、しかし全てが謎のヤツらだ。万が一、僕の力がまだ足りなかった場合、取り返しが付かないことになる。

力試しをするのに、誰か手頃な相手はいないだろうか。

あのボルゴスなんかよりも遥かに強いヤツがいい。上位ドラゴンがいる場所でも分かれば、戦いに行ってみたいところなんだが……

◇◇◇

そんなある日、住処の周りに張ってある僕の探知結界が、初めて反応した。

しかも、たまたま引っかかったのではなく、明らかに結界があると知った上で、相手は中に侵入してきている。

さらに住処には、遠方からでは見えない不可視の結界も張ってあるのに、その偽装《ぎそう》もバレているようだ。

これはただの冒険者じゃない。たまたま近くまで来て偶然住処を発見されるならともかく、僕の不可視結界を見破《みやぶ》られるとは思わなかったな。

進入禁止結界もあるけど、結界の範囲を広くするとその効力も落ちる。小部屋程度ならまだしも、住処をすっぽり覆うほど結界を大きくしたら、この相手には通じないだろう。

僕の結界をものともしないなんて、かなり手強い相手だ。

忘れかけていた逃亡者という現実を、今さらながら目の前に突きつけられる。

僕らはちょうどレベリングに出かけるところだったので、そのままの装備で住処から飛び出し、接近してくるヤツを待ち構えた。

数瞬《すうしゅん》ののち、僕の『領域支配』が相手の敵意、殺意を捉える。つまり、向こうはヤル気満々ということだ。

探知から感じる気配は数人。それぞれが相当な猛者《もさ》だ。

いったい誰が来たんだ？

「ちょっと待ってユーリ、まさかあの人たちって……」

超人的な視力を持つリノが、相手の正体に真っ先に気付く。

そして、『遠見』レベル10を持つ僕にも、相手の姿が確認できた。

何故こんなところに彼らが？　そう、ここに来た訪問者は……

メジェールたち、勇者チームだ！


『剣聖』イザヤ、『大賢者』テツルギ、『聖女』スミリスまで全員揃っている。

まさか、彼らまで洗脳《せんのう》されて、僕たちを始末しに来たのか⁉

彼らはエーアストから離れて、ファーブラ国にずっと遠征していたはずだが、とうとうエーアストへ戻ってしまったのかもしれない。そしてあのヴァクラースたちに洗脳されてしまった？

エーアストでのことを思い出し、僕やリノ、フィーリアに緊張が走る。

まずい、完全に想定外の事態だ。しかし、何故ここがバレたんだ？

彼らはすでに目の前まで近付いている。どうする⁉

その時、僕らより先にメジェールが口を開いた。

「何よ、なんか懐かしい感覚を感じたと思ったら、ユーリじゃないの！　それにリノ、そして王女様まで……これはいったいどういうことなの？」

あれ、メジェールたちは、ここが僕らの住処と知らずに来たのか？

じゃあ目的はなんだ？

とりあえず僕はメジェールに挨拶を返す。

「久しぶりだねメジェール、元気そうで何より。ところで、どうしてこの場所に？」

「どうしてって、ここに手強い山賊がいるっていうから、退治しに来たのよ。そしたら何故かユーリたちがいて、ワケが分からないのはこっちのほうよ。それに、アンタたちの手配書を見たわよ？ エーアストを襲ったっていうのは本当なの？」

んん？ メジェールたちは僕らの手配書を見た上で、エーアストには行かず、ここに山賊退治に来たってこと？ どういう流れなのか全然分からないな。

僕はメジェールに、ここに来たいきさつを聞いてみた。

「王女様に言われた『試練の洞窟』をようやくクリアして、数ヶ月ぶりにファーブラに戻ってみたら、ユーリたちの手配書が配られてたんでビックリして……アマトーレにアンタたちが現れたという噂を聞いたから、エーアストに帰る前に、まずは噂を確かめにアマトーレに来たの」

よかった、まだエーアストには戻ってなかったんだ。

もし戻っていたら、メジェールたちも洗脳されていたかもしれない。

「それでアマトーレではユーリたちの情報は聞けなかったんだけど、山賊退治に出かけたSSランクたちが戻ってこないってことで、みんな怖がっててね。せっかく寄ったついでに、退治してからエーアストに帰ろうと思ったら、ここにアンタたちがいたってワケ。今度はこっちが聞く番よ、手配書のことを説明してちょうだい！」

僕はエーアスト国内の邪悪な汚染《おせん》や、ヴァクラース、セクエストロ枢機卿のことを全て話した。

フィーリアが授かった預言のことも話し、今エーアストは『第一の魔』によって支配されてることも説明した。

「分かったかい、メジェール。エーアストには絶対戻っちゃダメだ。ここで会えるなんて本当に奇跡としか言いようがない。神様の思し召《おぼ め》しに違いないよ」

メジェールたちを『真理の天眼』で解析してみると、みんなレベル100を超えていた。もちろん、スキルのレベルもきっちり育ててある。

この短期間で、よくぞこんなに成長したもんだ。通常なら絶対不可能だろう。『試練の洞窟』で鍛錬《たんれん》した成果なんだろうな。

「それにしても、みんな凄く成長したね。頼もしい限りだよ。僕の結界も効かなかったみたいだし」

「あら、これユーリが張ったの？　凄い結界じゃない、アタシ以外じゃまず見破れないわよ」

うーむ、さすが『勇者』だ。解析で見ても、なんだか凄いスキルいっぱい持ってるしな。

えーと『思考加速《スロービジョン》』に『詠唱破棄』、『軍神の加護《フィジカルブースト》』や『超異常耐性《グッド・ステータス》』、『神速』、『天眼』、

『夢幻身《アンタッチャブル》』、『不屈魂《インドミタブル》』などなど。

それでも、まだヴァクラースには勝てるレベルじゃなさそうだな。

メジェールたちから感じる強さは充分凄いと思うが、ヴァクラースの威圧感はこんなモノじゃなかった。恐らく、今のメジェールたち四人がかりでも勝てないだろう。

エーアストに帰る前に寄ってくれて本当によかった。

「まあしかし、とんでもない場所だったわよ『試練の洞窟』は。で、王女様に聞きたいんだけど、本当に今あそこに行く必要はあったの？　明らかに時期尚早《じきしょうそう》な場所って感じだったんだけど？」

メジェールは不満をまるで隠そうともせずに、フィーリアに質問をぶつける。

こんなに素晴らしい成長をしたのに、文句を言いたくなるほど大変なところだったということか……確かに、フィーリアは嫌がらせで命令したんだけどね。

「あら、思ったより早くクリアしちゃって残念ですわ。一生帰ってこなくてもよかったですのに」

「な、何よその言いぐさ!?　言っておくけど、ひどい目に遭ったんだからね！　死ぬような思いしたんだから！　おかげで凄いレベルアップできたけどさ」

あーフィーリアってば、長い逃亡者生活ですっかり本性《ほんしょう》を隠さなくなっちゃったな。

あの可憐《かれん》でおしとやかだった時代が、遥か遠い昔のようだ……

って、あれ？　『真理の天眼』で解析してたら、イザヤたちの意識がいつの間にか敵意に変わっちゃってる!?　どうして？

「ユーリ……オレはお前の言うことが信じられない。王女様が一緒にいるのを見て、最初は何かの事情があるのかと思ったが、いま王女様は完全におかしな発言をされていた。お前が洗脳でもしたんじゃないのか、ユーリ！」

しまった！　イザヤのヤツ、盛大《せいだい》に勘違いしてるぞ！

テツルギやスミリスまで、僕のことを疑っている！

いや、これがフィーリアの本性なんだけど、あの可憐だった頃しか見てないイザヤたちには、説明したって到底信じてもらえないかも……

イザヤの言葉を聞いて、フィーリアが慌てて弁解した。

「あ、あの、わたくしは洗脳なんてされておりませんよ、お恥ずかしい話、これが本当のわたくしの姿なのです」

「見ろ、王女様がまた変なことを仰ってる。エーアストに邪悪な影だと？　怪しいのはユーリ、お前のほうだ！　お前のような人間が、こんな結界を張れることもおかしい！」

「いや、ホントなんだよイザヤ、フィーリアは元々こういう性格なんだ」

「王女様の名を呼び捨てにするとは……もはや問答無用、お前を捕らえてエーアストへ連れていく。何かが起こっているとしたら、お前こそが元凶《げんきょう》であろう！」

いけない、火に油を注いじゃった。

しかしこれ、もうこじれすぎちゃって収拾つきそうもないな。

「ご、ごめんなさいユーリ様、わたくしの迂闊な発言でこんなことになってしまって……」

「いや、フィーリアのせいじゃないよ。エーアストのことはそう簡単には信じてもらえる話じゃないし、彼らに疑われるのは当然だよ」

さてどうしよう。もうどんなに弁解しても、素直に聞いてはくれないだろう。

まあ彼らの立場になってみれば、エーアストが邪悪な力に支配されてると突然聞かされたって、自分の目で確かめない限りは信じられないと思うし。

だが彼らをエーアストに行かせるわけにはいかない。力ずくでいうことを聞かせるしかないかもな。

……そうだ、僕は力試しがしたかったんだ！

彼らはまさしく人類最強クラス。それを相手に、僕の強さを測ってみたい。

せっかくだ、このまま戦ってみよう！

「ちょっと待って、みんな落ちついてよ！　今の話が本当なら、こんなところで仲間割れしてる場合じゃないわよ！」

メジェールが慌てて僕とイザヤたちの間に入り、この場を収めようとする。

僕はエーアストの状況を嘘偽《うそいつわ》りなく説明したんだけど、イザヤたちの不信感はもう行き着くところまで行ってしまったようだ。

僕たちを引っ捕らえて、エーアストに連れていく。それ以外の結論には、恐らく至ってくれない気がする。

仮に僕の言うことを信じたとしても、この様子じゃ僕の指示には従ってくれそうもない。力を付けて自信に溢《あふ》れたイザヤたちは、僕の忠告を無視してヴァクラースたちを退治しに行くかもしれない。

勇者チーム四人で挑めば、この世に倒せない敵はいない――そう思ってもおかしくないほど、彼らの力はパワーアップしている。

ヴァクラースたちがどれほど恐ろしいかは、ヤツに会わない限りは、きっと理解できないだろう。

本来の立場としては、僕より彼らのほうが上だ。だから、どのみち今後の対策や行動について、いずれ衝突《しょうとつ》していたと思う。

僕の指示になるべく従ってもらうためには、力の差を分からせたほうが早い。

申し訳ないが、僕の力試しも兼ねて、イザヤたちと戦わせてもらう。

「メジェール、戦わないなら邪魔《じゃま》だ！　オレたちだけでユーリをやるから、キミは離れていてくれ！」

「メジェール、僕からも頼む。イザヤたちと戦ってみたいんだ」

もはや何を言ってもイザヤは聞かない。

それを知っているであろうメジェールは、少し呆れた仕草をしつつ、この場から離れた。

あれ、あの聞かん坊のメジェールがやけに素直だな。

イザヤたちに僕が殺されちゃうかもしれないんだけど、心配じゃないのかな。戦いをやめさせるため、もっと食い下がるかと思ったのに。

戦ってみたいと言ったのは僕だけど、もうちょっと心配してくれてもよさそうな気が……三対一で、どう見ても僕が不利に思うんだけど？

それとも、イザヤたちが強すぎて、大した戦闘にならずにあっさり僕は取り押さえられちゃうという予想なのかな？

リノやフィーリアたちも、こんな状況になってるというのに、僕のことちっとも心配している様子はない。むしろ、ワクワクしたような目で見つめてる。

まあ僕の力を信じてくれてるんだろうけど、困った少女たちだ……

とりあえず、メジェールが素直にどいてくれたのはちょっと助かった。メジェールまで敵に回ったら、どうしようかと思ったよ。

さすがに『勇者』とやり合うと、どんな状態になるか想像付かないもんね。さっき解析で見たら、凄そうなスキルをたくさん持ってたし。

それに、何よりメジェールを叩きのめしたくないしね。

「じゃあ始めようか」

　僕は開戦の合図をかけた。

　すると、すでに詠唱をしていたのか、早速スミリスが『結界魔法』を撃ち放つ。

　解析してみると、レベル10の『狩猟者の領土《ハンターズエリア》』という魔法のようだ。効果は、敵対者――つまり僕の能力が、結界内では制限されるというモノだった。

　敵対者のレジスト能力にもよるけど、最大効果で戦闘力を二分の一まで弱体化させられるらしい。

　なるほど、相手の力を減少させれば戦闘を有利に進められる。しかも結界の領域《エリア》内全員が対象なので、汎用性《はんようせい》は高い。

　効果範囲もかなり広く、ここら一帯が全て入っているので、そばで見ているリノたちの戦闘力も、ほぼ二分の一の状態――45％くらい能力をダウンさせられている。

　リノたちは『眷女』の効果で相当ステータスは上昇しているが、各スキルはまだまだ成長途中なので、レジスト能力は高くない。

　一応彼女たちの防具には、色々な状態異常を防ぐ効果も付いているものの、この弱体化《デバフ》結界は対象外のようなので、リノたちは結界の『悪影響《ペナルティ》』をモロに喰らっていた。

　ただ、僕には結界の効果はないようで、能力はまるで低下していない。

　僕の持っている『神盾の守護《イージスフィールド》』は、僕に対するあらゆる負の効果を99％カットする。この手の弱体化《デバフ》はほぼ無意味だ。

それにベースレベルも999だし、様々な状態異常に強い『竜体進化』も持っている。たとえ『神盾の守護《イージスフィールド》』がなかったとしても、あまり影響を受けなかっただろう。

ちなみに、『狩猟者の領土《ハンターズエリア》』は僕も使える。それどころか、さらに上位の魔法も持っていた。

『結界魔法』と『神聖魔法』が融合した上位スキル『神域魔法』のレベル5、『支配せし王国《キングダム》』というモノだ。これは敵対者の能力を百分の一にまで弱体化——つまり最大99％ダウンさせるという極悪《ごくあく》な効果だった。

百分の一にしちゃうのは凄いな。まあ最大でってことだから、実際にはそこまで効果は発揮しないだろうけど。特に、弱体化《デバフ》耐性が高い人……ヴァクラースや勇者メジェールなどには効果は薄そうだ。

それでも相当有用な魔法と言える。

効果範囲も、『狩猟者の領土《ハンターズエリア》』とは比べものにならないほど圧倒的に広く、大軍がひしめく戦場を丸ごとカバーできるほどだ。

今度機会があったら実験してみよう。

「どうだ、身体に力が入らないだろう。お前も少しは腕を上げたかもしれないが、オレたちは『試練の洞窟』で、何度も死線を越えてきたんだ。お前なんて敵じゃない！」

そう叫びながら、イザヤは素早く間を詰め、僕に攻撃を仕掛けてきた。

うっ……全然影響受けてないとか言いづらいな。少しは身体が重くなったフリでもしたほうがいいかな？

イザヤは、剣の力だけなら『勇者』よりも上とまで言われている『剣聖』だ。スキルレベルは1だが、当然のように『斬鬼』も『幽鬼』も習得している。

そのイザヤの攻撃は、『ナンバーズ』のボルゴスですらまるで問題にならないほどの鋭さだが、残念ながら僕には当たらない。

「な、何故だっ⁉　お前程度に避けられる技じゃないのにっ！　なら本気でいくぜ！　秘技『幻霞十王斬《おぼろじゅうおうざん》』！」

おおっ、なんとイザヤが十人に分身した！

そして高速で僕を取り囲み、そのまま斬りつけてきた……けど、『真理の天眼』レベル7の僕には、本体が見えちゃうみたい。

せっかく分身してくれたのに、なんか申し訳ない。僕はあっさりと避けた。

「そんなバカなっ、信じられない！　……仕方ない、お前を殺したくはなかったが、この技を使うしかない。究極奥義『異界千億無限の一閃《いっせん》』っ！」

どっひゃーっ、なんじゃこりゃ⁉

イザヤが究極奥義という技を出すと、僕は黒い空間に包まれ、その全方向からとんでもない数の剣が現れて、いっせいに僕を攻撃してきた。

解析してみたら、無限ともいえる『並行世界』から、イザヤが繰り出すあらゆる太刀筋《たちすじ》を召喚《しょうかん》して攻撃する技らしい。なんのこっちゃ分からん。

コレ凄いなあ……この技ならヴァクラースに通用するのかな。

いやでも、たとえば大勢の子供に殴《なぐ》られたとしても大してダメージは受けないように、ヴァクラースは避ける必要もなく、この技をまともに食らいながらイザヤに反撃しちゃう気がする。

それくらい、ヤツの存在感は圧倒的だったからなあ。

まあ僕は避けるけどね。ダメージを99％カットする『神盾の守護《イージスフィールド》』があるから、喰らっても問題ないとは思うけど。

避ける隙間なんてまるでないような攻撃を、先日獲得した称号『蜃気楼の騎士《ミラージュナイト》』の効果で、次々と躱していく。それも、最小限の動きでだ。

明らかに当たっている攻撃もあるのだが、どうやら部分的に物体透過《とうか》能力もあるようで、まさしく蜃気楼のように僕の身体をすり抜ける。

っていうかコレ、喰らおうとしても勝手に避けちゃうな。物理攻撃に対しては、本当に無敵かもしれない。

「こ……これは現実か？　この技を避けるなんて、不可能なはずなのに……」

技を撃ち終えたイザヤが、呆然と立ち尽くす。

僕には通用しなかったが、短期間でここまで成長したことを充分誇っていい。

この戦闘が終わったら、僕の強さを説明してイザヤには自信を取り戻してもらわないとな。本当の敵はヴァクラースたちなんだから。

「イザヤ、離れろっ！　この化け物め、今度こそ終わりだ！」

イザヤの後ろからテツルギの声が聞こえた。なんか化け物って言われたけど……？

どうやら僕とイザヤが戦っている間に、魔法の詠唱を終えていたらしい。放心状態だったイザヤが一瞬で我に返り、反射的にこの場を飛び退《の》く。

それと同時に、僕の周り一帯を結界が覆《おお》った。

これで僕はもう逃げられない……こともなさそうなんだけど、せっかくなので大賢者テツルギの放つ魔法を喰らってみたくなった。

解析してみると、これは『属性魔法』レベル10の火魔法『灼き焦がす熾光《イリコ・セイリオス》』だった。

単純な威力なら最強とも言われている魔法で、『大賢者』の魔力なら、恐らく世界一の破壊力と言っていいだろう。多分、ドラゴンでも軽く一撃だ。

テツルギは『大賢者』なのでほとんどの魔法を使えるが、全部を平均的に上げるよりは得意な魔法を強化していったほうが実戦的だと考えたのか、主に『属性魔法』を中心にレベルを上げたらしい。解析で見た限り、レベル10になっているのは『属性魔法』だけだ。

『神聖魔法』は無理に上げなくてもスミリスも使えるし、『光魔法』や『闇魔法』は、スキルアップに経験値が多く必要だからね。『属性魔法』を強化したのはいい判断だと思う。

その最強の魔法『灼き焦がす熾光《イリコ・セイリオス》』を、あえて喰らってみる。

んー……肌がちょっとチリチリする程度かな。『竜体進化』レベル8や『神盾の守護《イージスフィールド》』を持つ僕には、もはやこのクラスの魔法すらロクに効かない。

まあ最強の威力といっても通常魔法での話で、上位の『界域魔法』や『重力魔法』には、もっと遥かに強力な魔法が揃っているしなぁ。

それらを喰らったら、さすがの僕でもダメージは受けると思う……多分。

しかし、これで僕の強さの計測がだいたいできた。

今なら……ヴァクラースともきっと互角《ごかく》以上に戦える。ただし、相手が成長していないなら、だ。

魔王の復活が近付くに連れて、ヤツらの力もどんどん上がっていくような気がする。

『死なずの騎士』ヴァクラースの噂は聞いてはいたけど、あんなに強いとは思わなかった。

恐らく、噂のときよりも格段に戦闘力が上昇しているんだと思う。

あれから数ヶ月経って、さらに強くなっている可能性は充分ある。

成長力は僕のほうが上だと思うが、油断は絶対に禁物だ、と心に誓っておく。

さて、この戦闘はもう終わりでいいよね。

イザヤたちの攻撃を全て受けきったことにより、僕の戦闘力は充分示せたはずだ。

その上で、もう一度彼らの説得を試《こころ》みる。

「イザヤ、これで力の差は分かっただろ。頼むから僕を信じて、エーアストには行かないでくれ」

「ああ、よーく分かったぜ……お前こそが悪魔だとな！」

「ええっ？　なんで⁉」

「この弱体化《デバフ》結界の中で、オレたちの攻撃をモノともしないお前の強さ……悪魔、それも相当な上位悪魔以外の何者でもない！」

そ、そんな理由⁉

確かに強さを見せつけすぎたかもしれないけど、僕に勝てなかったからって悪魔と決めつけるのはちょっと早計じゃない？

「ンガーオ！　グルルル……」

しまった！　敵意を膨らませ続けるイザヤたちに対し、ルクが危険を感じたらしく、威《い》嚇《かく》するように巨大化してしまった。

最初こそ疑心暗鬼《ぎしんあんき》という心境だった彼らが、今や完全に僕のことを悪の存在と断定《だんてい》してしまったみたいだった。

「ば、ばかな、これは伝説の幻獣『キャスパルク』じゃないのか⁉　こんなヤツまで従えてるとは、やはりお前が悪魔で間違いない！　大至急《だいしきゅう》エーアストに帰って、お前たちのことを報告する。無念だが、王女様の救出はそのときまで預けておくぜ」

「お、おい、ちょっと待って！　君たちをエーアストに帰すわけにはいかない！」

「やはり都合が悪いようだな。メジェール、これで分かっただろ、誰を倒すべきなのか。戻るぞ！」

「待ちなよイザヤ、別にユーリは敵対してるわけじゃないじゃん。もう少し話を聞いても……」

　メジェールは困惑しながらそう言ったが、イザヤは首を横に振った。

「だめだ、これ以上ここにいると危険だ。早くこっちへ来い！」

「どうしても僕の言うことを聞いてくれないのか？　なら仕方ない……！」

　イザヤたちはすでに聞く耳を持たず、話し合ってもさらにこじれるだけになった。

　やりたくなかったが、こうなったら力ずくでイザヤたちを止める。絶対にエーアストには行かせない。

　僕は『界域魔法』の詠唱を始める。

『界域魔法』は効果が広範囲なうえ、威力が強すぎる魔法ばかりだが、今詠唱してるコレは比較的スケールが小さく、そして脅《おど》かすのにはもってこいの魔法だ。

　逆《さか》らうのは無駄だと思い知らせて、今後は僕の指示に従ってもらうようにしないと。

「君たちはもう逃げられない……死界召喚『四死神酷虐葬送《トーテ・ベグラーベン》』っ！」

これは地獄から四つの死を司《つかさど》る四人の死神王を召喚する魔法で、効果範囲もちょうどイザヤたちを取り囲む程度だ。その彼らの周囲、四方の地面から巨大な死神王がゆっくりと出現し、イザヤたちを逃がさないように結界内へと閉じ込める。

死神王は見上げるような高さ――十メートルほどの大きさで、身長と同じほどの巨大鎌を、四人それぞれが両手で抱えて持っている。

その存在は見る者の魂を凍らせ、『死』への根源的《こんげんてき》な恐れを呼び起こし、イザヤたちを極大の恐怖《フィアー》状態に陥らせた。

「そ、そんな、こんな怪物を喚《よ》び出せるなんて……」

「ごはぁっ、た、た、助けっ……」

「し、死にたくない、お願いゆるしてえっ」

三人とも完全に腰を抜かしたところで、魔法をキャンセルしてあげる。

途中でキャンセルできるところも、脅すのにはちょうどいい魔法だった。ほかの魔法だとキャンセルが難しいし、手加減が上手くできなくて殺しちゃうかもしれないからね。

キャンセルしたことにより、死神王たちは地面に還《かえ》っていく。

ふとイザヤたちを見たら……全員恐怖の表情で放心してた。

あちゃー、まずいよなあ……怖がらせすぎちゃったかな。

こんな目に遭わせたら、今後僕には心を開いてくれないかも？

さすがにバツが悪くなって、僕は優しくイザヤたちに声をかけた。

「あのう……これで逃げるのは無理と分かってくれたと思うけど、これから僕たちに協力してくれる……よね？」

僕は一生懸命《いっしょうけんめい》、愛想笑《あいそわら》いを浮かべて話しかける。

我ながらヘラヘラとした口調がキモいけど、これでなんとか許してもらえないだろうか。

すると、我に返ったイザヤがポツリと呟いた。

「お前……お前こそが魔王だった……」

……へ？

「お前が魔王だ！　いや、それとも邪神か？　でなければ、今の怪物や『キャスパルク』なども従えられるわけがない！　全てを理解したぞ。手配書通り、お前がエーアストを襲い、そして王女様たちを洗脳してるんだ！」

待て、壮絶《そうぜつ》に勘違いされてる⁉

そりゃやりすぎたかなとは思ったけど、これくらいしないと、言うこと聞いてくれないでしょ？

「メジェール、アレを使うぞ！　来い！」

「だから待ってってイザヤ、少しは落ちついてよ」

「落ちついてなんかいられるか！　もういい、オレたちだけで戻る」

　その言葉に、テツルギが慌てて反応した。

「お、おいイザヤ、『勇者』のメジェールを置いてなんていけないぞ」

「黙れテツルギ！　今すぐ使わないと、次は殺されるぞ」

「そうよ、逃げるなら今しかないわ！」

　イザヤの発言に、すっかり怯えてしまったスミリスが声を震わせながら同意する。

「ダメよ、スミリスもちょっと落ちついてってば！」

「議論しているヒマはない。すまないメジェール、あとで必ず迎えにくる！」

「ちょっとぉーっ！」

　な、なんだ？　イザヤたちはいったい何を話して……

「ユーリ、貴様を許さない……次に会ったとき、必ず殺す！」

　おわっ、なんだコレ⁉

　ピカッと眩《まぶ》しく光ったあと、イザヤたち三人は一瞬でこの場から消えた。

　何が起こったんだ？

「今のは『転移石』っていって、アタシたちが『試練の洞窟』の最下層で手に入れた、希少なアイテムよ」

「転移石……？」

メジェールが今起こったことを説明してくれる。

「そう。あらかじめベースポイントを設定しておけば、どこにいても、その場所へ一瞬で移動できるの。使えば石は消費されるから、複数箇所《かしょ》に行きたいと思ったら、同じだけの石が必要となる。今のはファーブラに戻る石ね」

「今の一瞬でファーブラに行っちゃったの!? まずい、追いかけないと！ メジェールも『転移石』は持ってるのかい？」

「いいえ、アイテム関係はほとんど彼らに渡しちゃってるわ。そのほうが効率的だし、それにアタシはアイテムが必要ないくらい強かったからね」

なんてこった！

脅かせばもう逃げるマネなんてしないと思ってたのに、そんな便利アイテムがあったなんて……

現在僕の『魔道具作製』スキルはレベル7だけど、『転移石』は作れるリストには入ってないな。これほどの便利アイテムだ、さらに上のレベルじゃないと作れないのかも。

まあ仮に作れても、ベースポイントを設定してないので、イザヤたちを追えるわけじゃないけど。

怖がらせすぎたのが裏目《うらめ》に出たけど、メジェールだけでも残ってくれたのは幸いだった。

イザヤたち、エーアストに戻っちゃうかなあ……ファーブラから出なければいいんだけど。

もし彼らが慎重に行動してくれるなら、安易にエーアストへは行かないかもしれない。今はそれに期待するしかないな。

「それにしても、ユーリってば強すぎない？　いくらなんでも異常だわ。アタシたち、洞窟の無茶な試練でめっちゃ強くなってるんだよ？　それなのに、あのイザヤたちがまったく歯が立たないなんて……いったいどんな訓練したのよ？」

スミマセン、特に何もしてません。

イザヤたちは死にもの狂いで強くなったというのに、僕は神様を騙して手に入れた力なんかで圧倒しちゃって、我ながらとてつもない罪悪感に襲われた。

ただ、最初こそ適当に楽して暮らそうと思っていたものの、今ではこの力で世界を救う決意をしている。それが僕に与えられた使命なんだと。

だから、楽してだろうとなんだろうと、遠慮なくどんどん強くなってやる。

「あとね、アレはさすがにやり過ぎよ。洞窟では、イザヤたちはどんな強敵にも怯《ひる》まず戦ったのに、それをあんな目に遭わせちゃ、魔王と思われても仕方ないわよ？　アンタ馬鹿なの？」

ううう、スミマセン、反省してます……

しかし、イザヤたちは僕を敵と見なしていたけど、彼らとずっと一緒に活動してたメジェールは、僕と戦うつもりは全然なかったのかな。ちょっと聞いてみる。

「メジェールは……僕と戦う気はなかったの？」

「アンタと戦う？　そんな気なんてまるで起こらなかったわよ。ひと目で強さのケタが違うって分かったもの。アンタには何をしても到底敵わないってね。イザヤたちには分からなかったようだけどさ」

「じゃあ、僕に逆らったら殺されるかもって心配してたの？」

「なんでそんな心配なんてするのよ。エーアストの話は全部本当なんでしょ？」

「もちろんだとも！　命に誓うよ」

そういえば、最初からずっとメジェールは僕の言うことを信用してくれてた。

僕の話は荒唐無稽《こうとうむけい》な部分も多かったと思うけど、まるで疑わずに全て受け入れてくれた。

何故なんだ？

「メジェールは、どうしてそんなに僕を信用してくれるんだ？　ひょっとしたら、本当に僕が魔王かもしれないのに」

「アタシは『勇者』よ？　アンタが魔王かどうかくらい分かるわよ。それに、最初から言ってる通り、アタシはアンタに惚《ほ》れてるの。もしもアンタが魔王なら、アタシは魔王に付くわ。ただそれだけ」

なんか出し抜けに、強烈な告白を喰らっちゃったな……自分でも顔が火照《ほて》ってくるのが分かる。

リノたちからも色々と好意を受けているけど、『勇者』であるメジェールの告白は、これまた特別なパワーがあるな。

しかし、簡単に魔王に付くなんて言っちゃって、勇者がそれでいいのか？

まあ僕を信用してくれてるってことなんだろう。

「アタシはあなたのそばにいるのが一番安心できるの。ファーブラでは、毎日が不安で仕方なかった。『試練の洞窟』を頑張れたのも、一刻も早く攻略してあなたに会いたかったからよ。これからはずっとそばにいるわ」

元はといえば、『勇者』の命を救うのが僕の使命だった。

だからなのか、メジェールは僕のそばにいるのが一番安心できると言い、そして僕もメジェールには特別な運命を感じる。

イザヤたちは引き留《と》められなかったが、メジェールがいれば百人力だ。必ず世界を救える。

「あのね……ユーリを愛してる女の子はここにもいるんですけど？」

「そうですわ！　わたくしが一番ユーリ様を愛しておりますのに」

「いや、オレのほうがユーリ殿を愛してるって！」

「ワタシも、ご主人様には身も心も全て捧げる覚悟デスよ？」

そうだった。彼女たちも僕の大切な仲間だ。

リノたちのおかげで今の僕がいる。それは、何ものにも代えがたい宝だ。

彼女たちを守る。エーアストも奪還し、そして世界を救う。

必ず成《な》し遂《と》げてみせる！

第四章　強さの証明

1．真相の告白

「は～、ダメダメ、まるでアンタには敵わないわ」

模擬戦《もぎせん》中、メジェールが戦闘態勢を解《と》いて、闘いで乱れた金髪をかき上げながら一息ついた。

フラウも金髪だけどメジェールとは色味が違っていて、フラウが銀色も含んだプラチナブロンドなら、メジェールは輝くような黄金色だ。

どちらも目を奪われるような美しい艶《あで》やかさを持っている。

「ゴメン、ちょっとやりづらかった？」

「やりづらいも何も、アタシの技が何一つ通じないからね。お手上げよ」

僕の訓練相手として、『勇者』であるメジェールに度々付き合ってもらっているんだけど、僕のほうが圧倒的に強くて、少しメジェールが自信喪失《そうしつ》気味になってしまった。

さらに、僕が手加減しているという事実も彼女のプライドを少々傷つけているらしい。

メジェールと再会したあと、『眷属守護天使《サーヴァント・ヴァルキュリア》』が反応したので、メジェールには『眷女』になってもらった。

今までどういう条件で『眷女』の資格をクリアしているか分からなかったけど、メジェールに関しては、最初から絶対に大丈夫と感じていた。

お互いの信頼関係は、『眷女』の条件にかなり関係している気がする。

『眷女』となったメジェールは、『勇者』のほかに『戦女神《ブリュンヒルデ》』の称号も付いた。

当然ステータスも大幅に上がり、元々ステータスの高かったメジェールは、常人に換算するとレベル６００近い能力値となった。

彼女はスキルもかなり育っているので、ＳＳＳランクなんて、もはや何人相手しても負けないほどの強さだ。

「っていうか、多分アタシ、今なら単独で邪黒竜とも戦えると思うわよ？」

メジェールは『試練の洞窟』で、上位ドラゴンである地鎧竜《アースドラゴン》と戦ったらしい。そのときはイザヤたちの力を借りてなんとか倒せたのだとか。

邪黒竜は地鎧竜《アースドラゴン》よりさらに上位の存在ではあるけど、今のメジェールなら一人でも互角に戦えるかもしれない。

メジェールが王女フィーリアに指示されて行った『試練の洞窟』だけど、本来はもっと力を付けてから挑戦するダンジョンだという。そこは誰でも入れる洞窟ではなく、選ばれし者のみが許可されて行くところで、まさしく試練の場所なのだとか。

最下層まで到達するには相当な時間を要するが、クリアすることにより大量の経験値ボーナスが手に入るとのこと。ただし、クリアボーナスは最初の一回のみ。

メジェールたちはクリアしたことによって、大幅に強化できたのだ。

「なのに、ユーリにはまるで敵わないんだけど？　アンタどんだけ強いのよ⁉」

それは、メジェールたちが手に入れたボーナス経験値より、僕のほうが数百倍……いや千倍くらい経験値をもらっているかもしれないからだ。

通常の方法では、僕の強さには絶対に到達できないだろう。

メジェールたちが必死の思いで強くなったのに、僕はただ過ごしているだけでこの強さを手に入れてしまった。

だがそれも全て世界を救うためだ。

メジェールもリノたちも、絶対に死なせない。僕が全て守る！

「しっかし、手加減してこの強さなんでしょ？　ユーリはすでに魔王より強いんじゃないの？」

「いや、さすがにそこまでは……」

「だいたいそのヴァクラースってヤツが、アンタより強いとは到底思えない。今なら絶対勝てるわよ」

「うーん、それは……その可能性もあるけど」

僕もそれはちょっと感じている。

でも、負けたら今度こそ終わりなんだ。行動は慎重にしたい。

エーアストは今のところ大人しいみたいだし、向こうの動きに警戒しながら、対応を考えていきたいと思う。

ちなみに、メジェールが『眷女』になったことにより、僕にもいくつかスキルが継承された。

『威圧』と『幸運』がそれだけど、特に『幸運』スキルは珍しい。全体的に運が上がるスキルだが、具体的な効果はイマイチ分からない。

僕は特に女難《じょなん》気味なので、これで運気が上がってくれればちょっと嬉しいかな。

当然レベル10まで上げておいた。『幸運』は通常の二倍経験値が必要だったので、2000万使った。

『威圧』と合わせて計3000万の消費。残りの経験値は41億である。

メジェールは凄いユニークスキルをたくさん持っているけど、残念ながらそれらは継承できなかった。僕に継承されるのは、通常スキルだけ。

メジェールが持ってるユニークスキルで、特に目を引いたのが『軍神の加護《フィジカルブースト》』、『思考加速《スロービジョン》』、『詠唱破棄』、『夢幻身《アンタッチャブル》』、『不屈魂《インドミタブル》』、『神速』、『天眼』、『超異常耐性《グッド・ステータス》』だ。

『軍神の加護《フィジカルブースト》』は、パーティーメンバーの能力が全体的に上がるスキルらしい。僕が持っている『眷属守護天使《サーヴァント・ヴァルキュリア》』と少し似てるかな。

『夢幻身《アンタッチャブル》』は、相手の攻撃を一定時間全て無効にできるスキルで、『不屈魂《インドミタブル》』は、どんな強烈な攻撃でも、一回だけＨＰギリギリで耐えることができるスキルだとか。

『神速』は、瞬間的にとてつもないスピードが出せるスキルで、『天眼』は、僕が持ってる『真理の天眼』から解析能力を引いたようなスキルである。

一応、ある程度相手の能力も判断できるようだ。再会した僕を見てケタ違いに強いと見抜いたのも、この『天眼』の力だ。

たとえるなら『看破《かんぱ》』の上位版って感じかな。僕の結界を見破ったのもこの力だし、幻術などは、まずメジェールには通じないだろう。

『超異常耐性《グッド・ステータス》』は、滅多なことでは状態異常にはならないスキルとのこと。

『軍神の加護《フィジカルブースト》』は大変便利なスキルだが、僕の『眷属守護天使《サーヴァント・ヴァルキュリア》』があるので、これ以上スキルレベルを上げる必要はないだろう。メジェールにはほかのスキルを育ててもらいたいところ。

『勇者』は勝手にスキルを覚えて、勝手にスキルレベルも上がるが、自ら選択して個別にスキルを育てることも当然できる。まあどれも有用なスキルなので選ぶのも難しいが。

この『勇者』のユニークスキルを継承できないのは残念だが、僕は女神様から勇者専用の『詠唱破棄』を取得できたので、メジェールからもらわずとも、いずれ覚える機会があるかもしれない。

「そういえば『試練の洞窟』の最下層付近で知ったんだけど、『勇者』って運命の戦いで死ぬことにより、何十倍もの力になって復活するらしいんだって。真に覚醒するには、一度死ななきゃダメなんだってさ。でもアタシ、復活すると分かってても死ぬのは嫌だなあ」

メジェールから衝撃の内容を聞かされる。

なるほど、そういう運命だったわけか！

まずいぞ。ちゃんと説明しないと、メジェールは復活できると信じたまま戦っていくことになる。

すでに僕は、本来メジェールを生き返らせるはずだった『生命譲渡《サクリファイス》』を使ってしまったので、彼女はもう復活できない。だから絶対死んではダメだ。

僕は授かったスキルのこと、そして神様からとんでもない恩恵をもらってることを、初めて人に話した。

「……ふうん……なるほどね。そんなことがあったんだ」

「そうなんだ。今まで黙っていてゴメン。そして、メジェールたちの必死な頑張りを否定するような強さで、それも申し訳なく思ってる」

「じゃあさ、アンタはアタシのモノってことよね？」

「………………へ？　なにそれ？　どういうこと？」

「だって、アタシのもう一つの命だったんでしょ？　じゃあアタシのモノじゃん」

「え、違うよ？　今の話はそういうことじゃ……」

「アタシのモノなの！　いい、だから勝手に魔王と相討《あいう》ちになったりしちゃダメよ！」

そういう話をしたんじゃないんだけど……ちゃんと伝わっているのかな？

「それに、アンタが強くて困ることなんかアタシには何もないわよ？」

「でも、苦労もせず、ただ普通にしているだけでどんどん強くなっちゃって、僕がズルいとは思わないの？」

「ぜぇ～んぜん。まったく思わないわ。だってアンタ、女神様救うために命を差し出したんでしょ？　そんなことできる人って、なかなかいないわよ？　少なくとも、アタシは躊躇しちゃうもの。ユーリは凄いよ」

そんなこと考えたこともなかったな。

あのときは、それが僕の使命だと勝手に思っていた。恥ずかしながら、精神的に追い詰められていたしなあ。

でもメジェールにそんなこと言ってもらえて、なんだかとても救われた。

今までずっと罪悪感が残っていたからね。みんなが頑張ってる中、自分だけ楽してイイのかなって。

「とりあえず、アンタ死んじゃダメよ！　アンタの思考だと、元々犠牲になる命だったからって、安易に命を投げ出しちゃうでしょ。アンタもアタシも死なない。無事最後まで生き残って魔王を倒す。いいわね？」

うっ……メジェール、鋭いな。

確かに、もうどうしようもないピンチになったら、みんなを救うために命を投げ出しちゃうかもしれない。そんなことにならないよう、なるべく危険を抑《おさ》えながら行動をしないとな。

「ありがとうメジェール。君が仲間になってくれて本当によかった。改めて、これからもよろしく」

「こちらこそ。あとアタシのこの前の告白に、お返事もらってないいんだけど？」

「え？　そ、それは……」

「クスクス、いいわよ無理して答えなくても。リノたちのことを大事に思ってるんでしょ。この戦いが終わってからもう一度聞くわ」

「なんかゴメンナサイ……」

「そ・れ・と！　キスの約束……憶《おぼ》えてる？　次はユーリからお返ししてって言ったよね？　……アタシの唇《くちびる》に！」

げっ、そういえばそんな約束もあった……いや、約束まではしてなかったような……？

「早く！　今はコレで勘弁《かんべん》してあげるから！　ん～～～～♪」

なんかメジェールが目を閉じて唇を突き出してきた。

え？　やらなくちゃダメ？　どうにもムードがないんだけど……？

んーそれくらいならいいのかなあ……でも、みんなに内緒でこっそりするというのは……

なんとも重い足取りで、僕はメジェールに近付いていく。

さすがに緊張して、心臓が口から飛び出そうなほど激《はげ》しく鼓動《こどう》を打っている状態だ。

あの暴れん坊のメジェールも、じっと動かずに頬《ほお》を赤く染《そ》めている。

これ……もう今さら逃げられない……？

……………………………………………………………………

「あああああああああああ～～～っっっ、ふ、二人ともナニしてるのっ⁉」

「これは……ユーリ様っ、どういうことですのっ⁉」

「いつまでも戻ってこないと思ったら、こんなところで……！」

「ご主人様、こういうのはよろしくありマセンよ！」

「うわわわあああああっ」

「アンタたち、せっかくいいところだったのに邪魔しに来て……！」

ギリギリのタイミングで、リノたちが僕たちを見つけて大声で叫んだ。その拍子に、僕もハッと正気に返る。

危なかった……完全に雰囲気に流されちゃってた！

もう一瞬遅かったら、唇がくっ付いていたところだったよ。

いやまあ、そこまで拒否《きょひ》する理由もないんだけど、こっそりというのはリノたちを裏切るようで……みんな同じくらい大切な仲間だからね。

「メジェールってば、絶対そういう抜け駆けはダメなんだからね！」

「危なかったデス！　もう少しでご主人様が押し倒されるところデシタ！　さすが『勇者』、侮れマセンね！」

「もうっ、あとちょっとで一歩リードできたのに！　ユーリをその気にさせるのって、本当に大変なんだからね！」

「するときはみんなで一緒って約束だっただろ！」

「そうですわ！　次に抜け駆けしたら許しませんわよ！」

「はいはい、アタシが悪かったわ。次はみんなで襲いましょ！」

「おーっ！」

……………キスの話だよね？

まあしかし、リノたちには救われっぱなしだし、ソロルからは求婚もされている。

いずれ答えを出さないといけないけど、今は世界を救うことだけ考えて進もう。

2. 謎の男

メジェールが加わり、色々と心機一転したところで、また神様から経験値をもらえる日がやってきた。今回も100億もらい、ストックと合わせて現在約141億の経験値。

女神様からのスキルは、『超再生』というSSSランクスキルだった。

SSSランクは、『重力魔法』に続いて二つ目だ。

この『超再生』は、自身の傷を治す自己修復スキルで、どんな大怪我を負ってもすぐに回復できるとのこと。元クラスメイトも『損傷《そんしょう》修復』というSランクスキルを持っていたけど、それの遙か上位版にあたる。

たとえば、『損傷修復』は身体欠損しても元通りに戻っていたけど、多少時間がかかっていた。

しかし僕の『超再生』は、瞬時に修復されるらしい。

身体の重要器官を破壊されても即再生可能らしいけど、完全に不死身なのかどうかは試してみないと分からない。

とはいえ、さすがに試すのは無理だな。万が一ホントに死んじゃったら困るし。クラスメイトも色々回復の実験をしていたけど、そこまで無茶なことはしていなかった。

ただ、クラスメイトの『損傷修復』でも、不死身と思うほどの修復力はあったので、その上位の『超再生』なら、よほどのことがない限り死なないとは思うけど。

一応修復以外の能力としては、身体にかかる系の状態異常――『毒』、『石化』、『麻痺』、『盲目《もうもく》』、『鈍重化《どんじゅうか》』などは全て無効で、『即死』系の攻撃も完全に防いでくれるらしい。

精神に作用する状態異常――『恐怖』、『混乱』、『睡眠』、『忘却《ぼうきゃく》』、『魅了《みりょう》』、『支配』などは無効にできないけど、僕に対するあらゆる負の干渉を99%カットする『神盾の守護《イージスフィールド》』があるので、まあ僕が状態異常になることはほぼないだろう。

この『超再生』を経験値1億で取得した。問題はレベルをどれだけ上げるかだ。

レベル10にするには１０００億以上の経験値が必要なので、さすがに無理だしね。

すでに『神盾の守護《イージスフィールド》』や『竜体進化』、『蜃気楼の騎士《ミラージュナイト》』で、僕の防御能力は相当強化されている。『超再生』の出番がどれだけあるか分からないが、とりあえず追加で14億経験値使って、レベル４にしてみた。

それで、どの程度効果があるのか試そうと思って、自分の腕を斬り落としてみようとしたんだけど……なんと僕の力で斬りつけても、ほとんどダメージを受けなかった。

『神遺魔法《ロストマジック》』に欠損回復魔法があるので、仮に『超再生』が失敗しても大丈夫と思って力一杯斬ったんだけど、ノーダメである。

やり過ぎると、『竜牙の剣《ドラゴンソード》』のほうが折れそうだった。

仕方ないので、あまりやりたくなかったが、小型の『神域結界』内に『界域魔法』で数十万度の『輝光球《プラズマスフィア》』を召喚して、それに腕を突《つ》っ込《こ》んでみた。

うーん……一瞬腕が熔《と》けたような感じはするけど、瞬時に修復しちゃうから、ダメージがよく分からない。これはとんでもない再生力だ。

いや、そもそも僕の防御能力が強力すぎて、もはやなまじのことではダメージを受けない身体となっているのか。

このスキル、レベル１のままでもよかったかも？

防御系はいくら強化しても困らないと思ったけど、なんとなく14億経験値を無駄遣いしちゃったような気持ちになった。

いや、油断しちゃいけないな。敵がどんな凄い攻撃を持っているか分からないんだから。

あとはどのスキルを強化するかだけど、強くなりすぎちゃって、今自分に必要なスキルがなんなのか分からなくなってしまった。強すぎるだなんて我ながら贅沢な悩みだが、ピンチになってみないと、何が足りてないのかが本当に分からない。

危険をなるべく回避するために、『領域支配』や『真理の天眼』を上げてもいいし、汎用性の高い『魔道具作製』を上げるのも悪くない。ただ、これらのスキルはSSランクなので、一つレベル10にするだけでも89億6000万の経験値が必要となってくる。

明確な目的もなく上げるには、ちょっと消費が大きすぎる。

色々悩んで、結局『真理の天眼』を、経験値12億8000万使ってレベル8に上げた。

分析・解析をする機会は非常に多いからね。強化することにより、より正確な情報を得られるのは心強いところ。

今回はこれで強化を終了とし、残り113億2000万の経験値はストックした。

これほど余ってるなら、もう少し何かのスキルを上げてもいい気はするけど、無駄遣いしてあとで足りなくなるのは困る。何か強化したい部分が見つかり次第、随時使っていこうと思う。

◇◇◇

僕たちの日々は、トラブルが起こるようなこともなく、平穏《へいおん》に過ぎていく。

イザヤたちにこの場所を知られたことでなんらかの動きがあるかと思ったのだが、アパルマさんに聞いた限りでは、特に何も話題にはなっていないようだった。

まあ水面下ではどうなっているのか分からないので、もちろん警戒を怠るようなことはしないけど。

そしてまたまた神様から経験値をもらう日がやって来た。今月も１００億経験値が入り、ストックと合わせて、現在なんと２１３億２０００万の所持だ。

２００億超えって……あまりに凄くて、僕の感覚もちょっと麻痺してきたかも。

そして女神様からのスキルは、『呪王の死睨《しげい》』というSSSランクスキルだった。

これでSSSランクスキルは三つ目。当然その能力は凄いだろう。

解析してみると、『魔眼』系の最上位スキルで、睨むだけで相手を殺すことができるらしい。

うーむ……凄いけど、少々使いどころが難しいかもしれない。安易に使用すれば、取り返しの付かないことになるぞ。

ちなみに『魔眼』はAランクスキルで、様々な状態異常を相手に与えることができる。レアスキルの中では割とポピュラーなほうで、所持者もそこそこ存在している。クラスメイトにもいたしね。

ただし、比較的レジストしやすい効果が多く、そしてそれほど強い状態異常でもない。『催眠《さいみん》』、『混乱』、『忘却』、『麻痺』、『魅了』などがそれにあたる。

一応レベルを上げていけば、『支配《ドミネーション》』クラスも使えるようにはなる。

基本的には経験値1億ほどあればレベル10にできるが、普通は一生かかっても1億入手するのは難しい。

冒険者の総取得経験値の平均が4〜500万程度なので、1億となると、『ナンバーズ』クラスじゃないと無理だ。その経験値を全部『魔眼』に消費する人はまずいない。

何故なら、自身のベースレベルもしっかり上げなくては、『魔眼』だけがレベル10でもレジストされやすくなるからだ。

ほかにも、『魔力』が低ければやはり威力は弱いし、キッチリ効果を出すには全体的に能力を上げる必要が出てくる。

そういう理由もあり、『魔眼』レベル10というのは聞いたことがない。

『魔眼』の上位には、視線で相手を石化させることができる『石化視線《ゴルゴンアイ》』というスキルがある。全身だけじゃなく、一部だけ石化させることや、石化を解除することも思いのままだ。

これはSランクなのでレジストの難度も上がり、そして状態異常の効果としても強いの

で、そう簡単には回復することができない。

非常に便利なスキルだけど、レベル10にするには10億ほどの経験値が必要だから、まあ

通常は不可能だ。

そのさらに上位には『羅刹《らせつ》の睨み』というSSランクスキルがあり、これは視界に入った

相手の能力を、睨み続けることでどんどんダウンさせる効果がある。

結界魔法の『狩猟者の領土《ハンターズエリア》』に近いが、レジストするのはかなり困難で、しかも相手を

見続けるだけで限りなく弱体化させていくので相当凶悪だ。

ただ、このクラスのスキルは超絶《ちょうぜつ》レア。現在『羅刹の睨み』を持ってる人なんていない

んじゃないかな？　レベル10にするのも経験値100億ほどかかるので、絶対に無理。

そして今回出てきた『呪王の死睨』だけど、取得にまず1億経験値が必要で、効果は

『即死』だ。つまり、即死耐性の低いヤツを問答無用で殺しちゃうスキルである。

ただし、『即死無効』スキルを持っているヤツ――アンデッド系やゴーレムなどには効

かないらしい。

何はともあれ『呪王の死睨』を取得し、とりあえずレベルは1のまま保留にしておく。

消費経験値が大きいので、スキルの有効性を確認してから上げたいのだ。レベル10にするのに経験値1000億以上もかかるしね。

一部の相手には絶対効かないというのもやはり気になるところで、たとえばヴァクラースのような強者には、到底効くとは思えない。

殺すだけならほかのスキルでも代用できるので、むしろ『石化視線《ゴルゴンアイ》』のほうが使い勝手がいいくらいだ。果たしてスキルレベルを上げるだけの見返りがあるかどうか……

山賊を討伐する時にこのスキル持ってたら、めっちゃ楽だったとは思うけどね。

一応どの程度の殺傷《さっしょう》能力があるのか、モンスター相手に実験してみてから、育成の判断をすることにしよう。

まあSSSランクスキルなので、弱いなんてことは絶対ないと思うが。

基本的にSSSランクは伝説級であり、過去にもほとんど所持者はいない。複数所持している僕が異常なのだ。

今回の強化はここまでとして、残り212億2000万の経験値はストックした。

◇◇◇

本日もリノたちのレベリングが終わり、みんなで住処へと戻る最中、強烈な存在を感知した。

僕のスキル『領域支配』は、僕への敵意、殺意などに特に鋭敏に反応する。探知から察するに、コイツの目当ては明らかに僕だ。

リノの五感は超人的に鋭いが、この相手は異常な音などを発していないので、特に気付かなかったようだ。

しかし、この気配の凄さ……ただごとじゃないぞ。あの山賊のボス――『ナンバーズ』のボルゴスにも匹敵する。いや、それ以上かも。

そんな存在が、僕に敵意を持ってここをうろついているということは、恐らく追っ手と考えていいだろう。

今日の留守番はフィーリアだが、一応ルクやストーンゴーレムもいるので、住処のほうは大丈夫なはず。とはいえ、何か問題を起こされる前に接触したほうがいいな。

僕がこの辺りにいると知った上で来ているわけだから、隠れてやり過ごそうとすれば、かえって状況が悪化する可能性がある。

「リノたちはここで待ってて」

「了解よ」

「アタシも一緒に行こうか？」

「いや、メジェールにはここでみんなを守っていてほしい」

「分かったわ。ここは任せて！」

僕はみんなを残し、暗殺特化の『冥鬼』スキルで気配を消しながら、相手にゆっくりと近付いていった。

進んでいくと、気配は三つあることに気付く。一つの大きな存在と、それに一ランク劣る二つの存在だ。

草木に隠れながら、その存在たちのもとに辿り着くと……

「む、来たな。そこのヤツ出てこい！」

なんだと⁉ かなり慎重に進んできたというのに、僕の気配に気付いたのか？

林の中を進んできたとはいえ、『冥鬼』スキルは僕が出す音をほぼ消してくれる。土を踏む音や葉っぱがカスったくらいの音は、全て遮断していたはずだ。

それを、相手はこの距離から僕に気付いたとは……

手強いな。ボルゴスどころか、イザヤに匹敵するかもしれない。

僕は姿を隠すのをやめ、相手の前に歩き出た。


「ほう……なるほど、聞いた通りの少年だな」

謎の強敵は、僕の姿を見て納得したような顔をする。当然と言うべきか、僕のことはある程度知っているようだ。

そこにいたのは三人の男――少し長めの黒い髪に口ひげをたくわえた、三十代半《なか》ばほどの細身な美丈夫《びじょうふ》と、それに付き従う屈強そうな男二名。

今まで出会った強敵たちと少し違うのは、身に着けている装備がやたら凄いということ。外見的な派手さはないが、その秘めたる能力は国宝級だろう。

リーダーらしき男は、『刀』と呼ばれる軽量な片刃剣を、腰に二本差している。僕に話しかけてきたのはコイツだ。

身長は百七十三センチ程度。それほど大きくないのに、この男から感じるオーラは常人を遙かに超えている。いったい何者なんだ？

僕は『真理の天眼』をレベル８に上げたことにより、さらに解析能力が高まっている。それで相手を解析してみると、そのリーダーのベースレベルは１２２だった。

１２５だったボルゴスよりは低いが、その代わり、スキルレベルが全体的に高い。『轟鬼』という、『二刀流』と『器用』が融合した上位スキルも持っている。

『二刀流』は『剣術』の亜種《あしゅ》で、通常の片手剣と違う特殊なスタイルに付くスキルだ。『二刀流』だから強いというようなことはなく、ただの戦闘スタイルの違いに過ぎないが、その性質は片手剣より圧倒的に攻撃に特化している。ほかには『両手持ち』もその系統に属する。

攻撃に特化した分、防御に隙ができやすいのだが、この男は回避特化の『幽鬼』まで持っている。それに、『見切り』と『心眼』もレベル10だ。『直感』は少し特殊なスキルなので持ってないみたいだけど、もし『直感』もレベル10なら、融合して『超越者の目《デウスプレディクト》』ができたほどだ。

そして何より、コイツは凄い『称号』を持っている。

『統《す》べる者』という称号で、なんと『剣聖』と同じＳＳＳランクだ。

『統べる者』は聞いたことない称号だ。ただ、ＳＳＳランクというだけで最強クラスの力があることは分かる。ボルゴスの称号『暴君』ですらSSランクなのだから。

ボルゴスと戦ったときは上位称号の解析はできなかったけど、あれから僕はベースレベルも『真理の天眼』レベルも大きく上がってるので、今は可能となっている。

ということで、この男の『統べる者』を解析してみると、これはその場にいる配下の力を少しずつ吸収することで、当人の能力が上がるというモノだった。

それも、配下の数が多ければ多いほど、際限なく力を吸収していく。

ということは、コイツにはまだたくさん部下がいる可能性が高い。数十人か、または数百人か？

もしボルゴスがこの称号を持っていたら、山賊たちの力を吸収して相当パワーアップしてただろうな。

しかしこの男は、従者を二人しか連れてきていない。

その二人の力は、解析した限りではレベル98——上位SSランク冒険者といったところだ。いくら従者二人が強くても、それだけじゃあまり『統べる者』の効果はないのでは？

周りを索敵した感じ、ほかに部下を隠している様子もないし、この三人で全部だろう。

そして、僕に対して敵意はあるみたいだが、殺意までには至ってない。なので、僕を捕縛するのが狙いなのかもしれない。

彼らを倒すのは容易いが、目的がなんなのかは一応確認しておきたいところ。無闇に戦闘もしたくないしね。

だいたいの分析が終わったところで、僕は彼らに話しかけた。

「何か僕に用ですか？」

「ふむ、この辺に強いヤツがいると聞いてな。ちょいと手合わせをしに来たんだ」

「その情報、誰から聞いたんですか？」

「さてな、知りたかったらこのオレを倒してみることだ。オレに勝ったら教えてやる」

「戦うのはあなた一人でいいんですか？　なんならお連れの方もご一緒で構いませんよ」

「小僧っ、我が主を愚弄《ぐろう》するか⁉」

僕が挑発したら、従者の二人が想像以上に激怒《げきど》していた。その迫力《はくりょく》に、ちょっと圧《お》されてしまったほどである。リーダーとその仲間にしては、だいぶ上下関係がハッキリしているようだ。

見事な装備も違和感があるし、コイツら多分冒険者ではないな。

とはいえ、『賞金稼ぎ《バウンティハンター》』とも到底思えないんだよな。全然正体が分からない。

「ふむ、安い挑発だな。少年よ、どうやら天狗《てんぐ》になってるようだが、その鼻をへし折ってやるからかかってこい」

今度は向こうが僕を挑発してきた。しかし申し訳ないが、僕が攻撃したら一瞬で終わってしまう。

話し合いで済むならそれに越したことはないし、戦うにしても、まずは相手の攻撃を見てその実力を判断したい。

こういうとき、『石化視線《ゴルゴンアイ》』を持ってたら便利だったかも。相手を傷付けずに、簡単に力の差を分からせることができるからね。

『呪王の死睨』だと、生きるか死ぬかの二択だからなあ。

なんにせよ、この調子じゃ話し合いで済ますのは無理そうだな。

「僕は戦いを好みません。ですが、どうしてもというならお相手しましょう。好きにかかってきてください」

「では遠慮なく叩きのめしてやるか」

そう言うが早いか、男は瞬《また》く間もなく腰の二刀を抜き、僕に斬りかかってきた。

これは相当速い！　単純なスピードだけなら、イザヤ以上かもしれない。

まあイザヤはまだ成長途中だし、今後もどんどん強くなるけどね。

なるほど、僕を襲いに来るだけのことはある。男の強さは桁外れだ。普通ならこの攻撃は避けられない。

が、残念ながら僕の持つ『蜃気楼の騎士《ミラージュナイト》』は、物理攻撃を全て無効にする。

「ほう……この一の太刀を躱すか。ならばコレはどうだ！」

男は二刀を生き物の如《ごと》く操り、流れるような連続技で僕を攻撃する。

解析してみると、これは『火焔《ほむら》の討ちかけ』という秘技のようだ。隙を最小限に抑えた、見事な技である。

もちろん、僕には通じないが。

「こやつっ、そうか、そう言われるだけのことはあるな……魔王っ！」

なぬっ、『魔王』だって⁉　まさか僕のことか？　なんだソレ⁉

男は一瞬身体を沈《しず》めた後、音の速さで僕に飛び込み、その両手の二刀で首をハネにきた。

これは『斬首する蟷螂の死鎌《デスサイズ・サンクション》』という必殺技らしい。

超人的に鋭い攻撃ではあるが『超越者の目《デウスプレディクト》』で軌道は読めるし、そもそも『蜃気楼の騎士《ミラージュナイト》』のおかげで絶対に喰らわない。

こんな凄い技を簡単に避けちゃって、ちょっと申し訳ない気持ちになってきたな。

「コレも躱すのか⁉　よもやここまでとは……お前の力を完全に見誤《みあやま》っていたようだ。その強さに敬意を表し、オレも奥義で応えよう！」

うおっ⁉　男が何かの大技を出すと、周りの景色が一瞬歪《ゆが》んだ！

解析するとコレ、超レアスキルである『時間魔法』の『時間減速《スロー》』の効果を、ほんのわずかな瞬間、この限定された領域《エリア》内に召喚したようだった。

その名も『奥義・雷光天破《らいこうてんは》』。

『時間減速《スロー》』によって相手の動きが鈍化《どんか》した刹那《せつな》、二刀で叩き斬る技だと思われる。避けることはおよそ不可能だろう。

しかし、僕の持つ『神盾の守護《イージスフィールド》』は、僕に対する全ての負の効果を99％カットする。なので、たとえ『時間減速《スロー》』を喰らおうとも、僕の動きが鈍《にぶ》ることはない。

そして『蜃気楼の騎士《ミラージュナイト》』によって軽く躱す。

「バカなっ！　この技を躱すなど……！　魔王というのは本当なのか⁉」

立て続けに攻撃していた男が動きを止める。

男の力は分かったし、あとはどうやって降参《こうさん》させるか考えていたところ、男が突然終了宣言をした。

「オレの負けだ。まさかこれほどだったとはな……お前の好きなようにしろ」

男の敗北を認める言葉を聞いて、控《ひか》えていた従者たちが驚きの声を上げる。

「陛下っ、何を言われる⁉」

「その通りです、我らはまだ負けてません！」

……え？　今なんて言った？　陛下……？

ちょっと待った、この人って王様なの⁉

「魔王がすでに復活しているなど、ただの戯言《ざれごと》と思って確かめに来たが、本当だったとはな……どうやら天狗になっていたのはオレのほうだったようだ」

謎の男たちが僕を探してやってきたと思ったら、なんとその正体は王様らしい。

いったいどこの国の王様？　……そうか、これほど強い王様なんて一人しかいない。

『最強王』という二つ名のフリーデン国王、シャルフ・アグード王だ。

なるほど、それでこの国宝級の装備なのか。

まずいよ。僕、凄く失礼な態度を取っちゃったよ。だって王様だなんて知らなかったから……わざとじゃないって分かってくれるかな？

……で、なんで僕のこと『魔王』って勘違いしてるの？

「あのう……フリーデン国王のシャルフ・アグード陛下ですよね？　先ほどは失礼な発言をして、本当に大変申し訳ありませんでした」

僕は恐る恐る様子を窺いながら、平身低頭《へいしんていとう》で謝罪《しゃざい》する。

王様相手に謝る作法《さほう》なんて知らないから、果たして僕のお詫びの気持ちが伝わっているか分からないが、なんとかこれで許してほしい……

「なんと、このオレの名が魔王にまで届いていたとは⁉　光栄に思うぞ。して、なんだその遠慮がちな言葉は？　ずいぶんと低姿勢な魔王だな」

「あのですね、僕は『魔王』ではないんですけど……」

「何を今さら。あれほどの力を持っていて、魔王でないはずがなかろう。いや、魔王の側《そっ》近《きん》ということもありえるのか」

「いえ、僕は魔王でも側近でもないです。何故そのような勘違いを？」

「この期《ご》に及《およ》んでまだオレをたばかろうとするとは……オレも舐《な》められたものだな。此度《こたび》はオレの勇《いさ》み足で負けたが、お前のことは必ず勇者が倒す。それまで首を洗って待っているがよい」

「アタシはここにいるけど？」

あれ？　メジェールってばこっちに来ちゃったのか。すぐ後ろにリノたちも一緒にいる。

待っててって言ったのに……

リノの『超五感上昇《スーパーセンシティブ》』で、こっちの様子を窺ってから来たのだろうけど、しょうがない子たちだ。

「なんだキミは？　何故魔王と一緒にいる？」

シャルフ王は、ゆっくりと近付いてくるメジェールを見て首を傾《かし》げた。

「アタシは『勇者』よ。で、なんでユーリが『魔王』ってことになってんの？」

僕の横に並んだメジェールが、想定外の展開に困惑しながら両手を腰に当てる。

「いや、それは僕にもサッパリ……」

「勇者……？　キミが消息不明と言われている『勇者』なのか？　バカな、すでに勇者まで魔王の手に落ちていたとは⁉　もはやこの世界は終わりということか⁉」

んーなんかもう話が全然噛《か》み合わないですね。どうしてこんなことになっちゃっているんだ？

もうストレートに王様に訊いちゃおう。

「あの……僕が『魔王』という情報は、どこで聞いたんでしょうか？」

「ふむ、そういえば勝ったら教えてやるという約束だったな。いいだろう。お前が『魔王』だという情報は、すでに全世界を駆け巡っている」

「えええっ⁉　何故です？」

「ファーブラにいる『エーアストの神徒』が、世界に向けて情報を発信したからだ」

ファーブラ？　エーアストの神徒？　……そうか、イザヤたちだ！

『転移石』でファーブラに戻ったあと、僕の情報を伝えるとは思っていたけど、まさか本当に『魔王』だなんてガセネタを流すとは……

そうだ、イザヤたちは今どこにいるんだ？

「その『エーアストの神徒』は、現在どこにいるか分かりませんか？」

「それは知らぬな。オレが聞いたのは『魔王』の存在――この辺りに魔王がいるから、充分警戒せよという忠告を受けただけだ。それを知っているのは各国のトップだけで、どこの国でもまだ一般国民には知らされてないはずだ。勇者の失踪《しっそう》も、同じく国民には隠されている。パニックになるからな」

さすがにイザヤたちのことまでは分からないか。彼らがエーアストに向かったかどうかを確認したいんだけどな。

「さっきから何かおかしいな。少年よ、お前は『魔王』なのだろ？」

「全然違いますよシャルフ陛下。僕はエーアストで『対魔王軍戦力』と言われた生徒の一人です」

「……すると、お前も『エーアストの神徒』なのか？　ならば、仲間がお前のガセ情報を流したということになるが？」

僕らは他国では『エーアストの神徒』なんて呼ばれてるんだな。

僕はシャルフ王に、エーアストの状況やイザヤたちとのことなど、全てを詳細に話した。

「ほう……そういうことであったか。これはまたオレの思い込みで失礼なことをした」

「信じていただけるんですか？　シャルフ陛下」

「まあな。オレも一国の王だ。規格外《きかくがい》の強さについ勘違いしてしまったが、本来はそれなりに人を見る目はある。お前はウソを言っていない。それに、お前に負けた以上、オレの命はもうお前のものだ。お前の真剣な言葉には耳を傾《かたむ》けよう」

な……なんていう大げさな人なんだ。いや、それくらいの覚悟を持って戦っているということか。

そういえば僕はシャルフ王の顔を知らなかったけど、フィーリアならお互いを知っていたかもな。

何せ『王女様』だからね。最近じゃ微塵《みじん》も王女らしさを見せてくれないけどね。

いや、そうはいっても、結局この場へは僕だけで来るだろうから、どのみち戦闘は避けられなかったよな。

そういや、僕のことを『魔王』と聞いていながら、何故お供の人がこんなに少ないんだ？

ちょっと聞いてみよう。

「シャルフ陛下の『統べる者』という称号は、そばにいる配下の数で能力が上昇するようですが、何故こんな少人数で来られたのですか？　これではお力を発揮できないのでは？」

「おいおいお前、そこまでオレの能力が分かるのか？　これはたまげた、勝てないはずだ。まあ言うとなんだが、『魔王』なんて信じてなかったし、部下など連れてこなくても充分だと過信してしまったのだ」

「それにしても、お供の方二人のみでこんな危険なところに来られなくても……」

「なんだ、こんなことは日常茶飯事だぞ」

そういえば、シャルフ王はよくお忍びで各国を放浪しているという噂を聞いたことがあった。

本当だったんだな。

「今回も内密に来たかったのだよ。オレのわがままで軍は動かせぬしな。それに、大勢では移動も派手になる」

「軍？　そうだ、兵士たちを連れてくれば、シャルフ陛下のお力はこんなモノではないですよね？」

「そうだな。兵士一万人以上はおるから、力は今の数倍になるな」

げえええええっ、配下が一万人⁉

各自から集める力《パワー》はちょっとずつとはいえ、それだけいれば、とんでもなく戦闘力が上昇するだろう。

なんか反則のような気が……僕が言えた義理では全然ないけど。

しかし、『最強王』と言われるのも納得した。王族は特殊なユニークスキルを授かることが多いが、『統べる者』という称号は、まさに王に相応《ふさわ》しい能力だ。

『ナンバーズ』のボルゴスなんか目じゃないな。

配下を連れた状態なら、人類最強かもしれない……僕とメジェールを除いてだけど。

「魔王の噂を聞いて、ロクでもないヤツがここで暴れているようならオレが懲《こ》らしめてやろうと思ったんだが、そこにお前がいたということだ。まあたとえ兵士一万人を連れてこようとも、お前には到底勝てぬがな」

「そんなことは……」

「謙遜《けんそん》するな。ほんの一時しか戦ってないが、お前が別格の存在というのは身に染みて感じた。もしかすると、神の領域に足を踏み入れているかもしれんほどだ。あのヴァクラースですら、お前の相手にはならんだろう」

「ヴァクラース⁉」

シャルフ王の口から、なんとヴァクラースの名前が！

知った仲なのか？

「シャルフ陛下、ヴァクラースとはどういうご関係なので？」

「大した関係などはない。以前ヤツと戦っただけだ」

「戦ったんですか⁉　勝敗はどうだったのですか？」

「引き分けというか、まあオレの負けだな。兵士一万を率《ひき》いたうえで、ヤツには押されていた。オレの最大強化でもヤツには勝てなかったということだ。ヤツは戦の行方《ゆくえ》には興味がないのか、適当に暴れ回ったあとに去っていったよ。昔の話だがな」

配下一万人の力を吸収していたとはいえ、あのヴァクラースと五分の戦いとは凄いな。

いや、その頃のヴァクラースはまだ力が弱かったはず。現在は、以前とは比べものにならないほど強くなってる状態だ。

戦闘力を比較する参考にはならないか……

ふと思うけど、仮にシャルフ王が百万人の兵士を連れていたら、どれくらい強くなるんだろう？　魔王を倒せる可能性はあるかな？

それなりに近くにいないと力《パワー》を吸収できないので兵士を密集《みっしゅう》させる必要があるけど、相当能力は上がるはずだ。ステータスだけなら、レベル９９９である僕よりも上になるかもしれない。

ただ……基礎能力がどんなに高くても、強力なスキルなしでは、魔王どころかヴァクラースすら倒すのは難しいと感じる。

いや、配下が百万人いても、『眷女』となったメジェールのほうが強いかも。『勇者』のスキルは強力だし。

それくらい、スキルの力というのは大きい。

ま、そもそも全世界の兵士を集めても百万人には満たないから、完全に無茶な話なんだけどさ。

それに、ちゃんと忠誠《ちゅうせい》を誓った配下じゃないと、吸収の対象にはならないらしい。たとえば、借り物の部下で人数を増やしても、シャルフ王の力は上がらない。

『統べる者』の力を知って、シャルフ王ならひょっとして……と一瞬期待しちゃったけど、やはり『勇者』か僕じゃないと、魔王を倒すのは不可能か。

「少年よ、お前がいれば魔王軍など恐るるに足らずだ。などと慢心してしまうのはオレの悪いクセだが、お前は必ずや期待に応えてくれるだろう。すまぬが、名を聞かせてくれ」

「僕はユーリと申します、シャルフ陛下」

「『陛下』はよせ。もうオレはお前の配下同然なのだから、シャルフと呼べ」

「や、やめてください、配下だなんて……それに呼び捨てになんてできませんよ。では『シャルフ王』という呼び方はどうでしょう？」

「お前はそれほどの力を持ちながら、ずいぶん及び腰だな。オレなら世界征服《せいふく》を考えるぞ。まあよい、ではこれからはオレをそう呼べ」

ひー、なんか圧倒されちゃうよ。シャルフ王は美丈夫だし、言葉一つ一つに吸い込まれるような魅力《みりょく》を感じる。

これが王のカリスマってヤツなんだろうな。

「ではユーリ、そして『勇者』と仲間の少女たちよ。何かあったらオレの国フリーデンへ来い。いつでも歓迎してやる」

そう言って、シャルフ王は帰っていった。行く場所のなかった僕たちだが、強い味方ができた。

まあ僕らが行くと、他国がフリーデンを攻《せ》める口実《こうじつ》になってしまうかもしれない。それを考えると、安易な気持ちでお世話になることはできないな。

それでも、いざとなったときに頼れる場所があるというのは、本当に救われる思いだ。

僕はもう充分に力を付けたし、そろそろ動きだしてもいい頃合いかもしれない……

3．竜を殺す男たち

先日シャルフ王から聞いた情報では、僕らのことは、すでに各国のトップに知れ渡っているということだった。

さすがにこの情報は、行商人アパルマさんでもキャッチできないだろう。まあこの辺に『魔王』らしき存在がいるという、アバウトな噂程度としか思われていないようだけど。

そもそも『魔王』は、手下の魔王軍が行動を始めてからかなり遅れて復活するのが通常だ。最後といってもいい。

いきなり『魔王』が現れたなんてことは、記録に残っている限りでは存在しない。そのため『魔王』がここにいるなんて情報は、みんな半信半疑《はんしんはんぎ》だ。

シャルフ王も全然信じてなかったしね。

念のためアパルマさんには、この辺はとても安全だという噂を流してもらえるようお願いしてある。シャルフ王も、噂の否定をさりげなく広めてくれるらしい。

『勇者』の消息も問題になっているだろうけど、とりあえず『魔王』の疑惑が晴れてくれたらと思っている。

さて、今月もまた神様から経験値をもらう日がやってきた。

いつも通り100億をもらい、現在のトータルは312億2000万となった。

この経験値で三百人以上……いや多分五百人くらいの人間をSSSランクに成長させられると思うと、我ながらちょっと引く。

女神様からのスキルは、Aランクの『死霊魔法』だった。これは主に死霊術士《ネクロマンサー》が使用する魔法で、死霊や死体などを操ったり召喚したりすることができる。

最近は凄いスキルばかりだったからAランクだと少し見劣りするけど、これも充分に強いスキルだ。レベルを上げると、とんでもないヤツを召喚できたりするし。

もちろん経験値10万使って取得し、追加で約1億経験値を消費してレベル10まで上げた。

すっかり感覚も狂っちゃって、1億経験値とかだと少なく感じてしまうな。本来なら一生かかっても稼げないほどなのに。

毎月100億もらうなんて、経験値の暴力だよね。シャルフ王の能力をズルいなんて思っちゃったけど、改めて僕はとんでもなく恵まれていることを実感した。

今回はこれで終了とし、残り311億2000万の経験値はストックしておくことにした。

現状では特に問題はないし、無理矢理使わなくてもいいだろう。強化はいつでもできる。

もしこのまま大量に溜まっていくなら、Vランクの『神遺魔法《ロストマジック》』を上げる手もある。

使い道を思いつくまでは、とりあえず溜めておくのが得策《とくさく》だ。

◇◇◇

「ドラゴン退治～っ⁉」

いつも通り山ほど商品を仕入れてやってきたアパルマさんからとんでもない言葉が飛び出し、僕は思わず大声を上げてしまった。

アパルマさんは頷いて詳しく説明してくれる。

「はい、そうなんですよ。フリーデン国の南西から、南に数百キロメートルに渡って連《つら》なるヴィルカーム山脈で、なんと三頭のドラゴンが飛んでいるのを発見されたんです。周辺国では大変な脅威になっているので、最強クラスの討伐隊を組んで近々退治に挑むのだとか」

ヴィルカーム山脈といえば、秘境と名高い魔の山だ。この住処から見ると、西から北西にかけて位置している。

秘境と言われるだけあって人跡未踏《じんせきみとう》の部分も相当多く、あそこにはどんなモンスターが棲息していてもおかしくない。

一応、近辺には村などの集落は存在しなかったはずだが、しかしドラゴンの飛行能力なら、近隣諸国までひとっ飛びでやってこられる。

ヴィルカーム山脈の周りには、フリーデン、ゼルドナ、ディフェーザの三国があるので、いつドラゴンが飛んでくるかと思うと、国民たちは気が気でないだろう。

複数確認されたというのも珍しい。ドラゴンは大抵単独で行動しているからだ。

一頭でも相当脅威なのに三頭もいるなんて、これは一日でも早く退治したいはず。

「そういうことで、先日討伐隊が結成されたという話です」

「その討伐隊の出発はいつですか？」

「え？　そうですね……わたしがフリーデンを出発するときには、ほぼ準備が整ってたようですから、もう出発したのではないでしょうか」

すでに出ちゃったのか！

その討伐隊に僕も加わりたい。『竜族使役』スキルでドラゴンをテイムできるチャンスだ！

ドラゴンがいれば何かと便利だろうし、是非連れて帰りたいところ。

僕だけで行っても、さすがにあの広い山脈ではドラゴンの居場所は分からないし、なんとか合流できないものか……

「アパルマさん、討伐隊の情報は何かありませんか？　どこの道を通っていくとか？」

「うーん、ちょっと分かりかねますが、しかし討伐隊が最短の道を進むなら、ベラーナ湖のそばを通るとは思いますが」

それだ！　なんとか先回りして、そこで待ち受けよう。

「ありがとうございます、アパルマさん」

「どういたしまして。お役に立てて何よりです」

アパルマさんが帰ったあと、急いで僕は出発の準備を始める。

そこにリノたちがぞろぞろとやってきて、どこか興奮《こうふん》した様子でリノが僕に訊いてくる。

「ユーリ、ひょっとしてドラゴン退治に行くの？」

「ああ、ちょっと出かけてくるから、みんなはここを守っていてくれ」

「私も行くわ！」

「わたくしもお供いたします！」

「オレも連れていってくれ！」

「ワタシも一緒に行きたいデス！」

「ええっ、みんなも来るの⁉　危険だからやめておいたほうが……」

「やだーっ、一緒に行くーっ！」

あーもう。言いだしたら聞かない子たちだからなあ。

ドラゴンとか、全然怖がってないんだよね。リノたちもちょっと感覚が麻痺しちゃっているよな。

行きたい気持ちも分かるけど、全員がここを離れると住処が危険だな、と悩んでいたところに、メジェールが助け船を出してくれた。

「いいよ、みんなで行ってくれれば。ここはアタシが守っててあげるからさ」

「メジェール、いいのかい？」

「任せときなって。今のアタシに勝てるヤツは人類じゃいないだろうし、安心して行ってきなよ」

まあ確かに、今のメジェールの強さは軽くドラゴンを凌駕《りょうが》しているし、たとえ軍隊が来ようとも、ここが攻め落とされるようなことはまずないだろう。

むしろ、相手の命が心配なくらいだ。

「ンガーオ」

「ああはいはい、ルクも行ってきていいわよ」

「ンガーオ！　ンガーオ！」

　なんだ、ルクもか⁉　……まあ留守番ばかりじゃ可哀想だから、今回は連れていってあげるか。

　これは余談だけど、ルクとずっと一緒にいるうちになんだか言ってることも分かるようになってきて、最近は意思の疎通が可能となっている……なんとなくだけどね。

「ありがとうメジェール。わがまま言ってすまない。なるべく早く帰ってくるよ」

「アンタのことだから大丈夫だとは思うけど、一応気を付けてね」

「分かってる。じゃあここをよろしく」

　僕たちは心置きなくヴィルカーム山脈へと出発した。

◇◇◇

「うーん景色もいいし、なかなか快適ね」

「旅をしてたとき、コレがあれば便利でしたわね」

「しかし、さすがユーリ殿、なんでもできるのだな」

「ご主人様凄いデス！　こんなのエルフ族にもありマセンよ！」

　僕たちは住処を出発し、ドラゴン討伐隊に合流すべく道中を急いでいる。

エーアストを追われてからというもの、毎度移動には苦労していた僕たちだが、今回はちょっと違う。住処を守っているストーンゴーレムとは別に、乗用のストーンゴーレムを作って、それに乗って移動しているのだ。

ゴーレムの大きさは十メートルほどで、そいつに僕たちを収納した箱形の部屋を持たせている。箱は『高次建築魔法』で作ったもので、中にはもちろん生活用具も用意した。

その箱部屋の窓から、リノたちは外を眺めているような状況だ。

ゴーレムは移動専用に作ってあるので、巨体の割には戦闘能力はほとんどない。その代わり、移動に関する動作は向上させてある。

ゆっくりとした動きではあるが、目的地まで一直線に移動しているし、夜間も休まず歩くので、充分討伐隊の先回りができる計算だ。

早めにベラーナ湖に着いて、彼らを待ち受けたいと思ってる。

今回の目的はドラゴンをテイムすることなので、『竜族使役』スキルを経験値3億使ってレベル5に上げた。

この程度あれば、問題なくテイムできるとは思うが……

もっとレベル上げてもいいんだけど、どの程度ドラゴンに通用するかの実験も兼ねてるんだよね。足らないようなら、その場でスキルレベルを上げる。

スキル強化時はタイムラグで隙ができちゃうんだけど、今の僕ならそれくらいは大丈夫なはず。

レベル10にするには経験値100億以上かかるので、まあとりあえず、これで小手調《こてしら》べってところだ。

とにかく、自分の能力を測れる機会は、なるべく有効活用したい。

自分のどこがまだ足りないか、せっかくなので、ドラゴン相手に色々実験してみよう。


そのままゴーレムは歩き続け、日が暮れたので寝ることに。

一応リノたちに襲われないように、僕は小型結界に入って就寝した。もちろんルクも一緒だ。

朝起きたら、結界にリノたち四人がへばりついて寝ていて怖かったです。

◇◇◇

出発してから二日後、僕たちは無事ベラーナ湖に着き、移動に使ったゴーレムをアイテムボックスへと収納して討伐隊の到着を待つ。

すでに通過したような形跡《けいせき》は見られないので、彼らが来るとしたらこれからだ。

どのルートで進んでいるのか分からないけど、ここを通ってくれることを祈る。

「……！　ユーリ、多分来たよ！」

半日ほど待ち、日も落ちかけた頃に、リノの『超五感上昇《スーパーセンシティブ》』が討伐隊の音を捉えた。

よかった、アパルマさんの推測通り、最短ルートを来てくれた。

さすが行商人、地理や移動路については知識が豊富だ。

ほどなくして、そのドラゴン討伐隊が僕たちの前に現れた。

「スミマセン、ヴィルカーム山脈へドラゴン討伐に行く冒険者さんでしょうか？」

僕は馬車を操る御者《ぎょしゃ》に話しかけた。

御者と言っても、この人も冒険者だ。何せレベルが１０６もある。

チームで馬車を借りてここまで来たんだろう。

「なんだお前は？　何故こんなところにいる？　後ろの少女たちも仲間か？　ここはお前らのようなガキが来る場所じゃねえぞ」

僕のことを見ても、こちらの正体に気付いた様子はない。

一応警戒はしていたけど、予想通り僕らの顔は知られていないみたいだ。これなら大丈夫。

「ドラゴン退治に行くんですよね？　不躾《ぶしつけ》で申し訳ありませんが、僕たちもご一緒させてもらえないでしょうか？」

「バカ言ってんじゃねえ！　ドラゴンをなんだと思ってんだ！　お前らなんか一秒で消し

炭だぞ」

いきなり僕らみたいなのが一緒に行きたいって言っても、仲間にしてくれるわけないよね。

どうしよう、僕の実力を見せたら仲間にしてくれるだろうか？

「なんだ？　いったい誰が邪魔してんだ？」

僕らが押し問答していると、馬車の中から討伐隊の仲間が出てきた。

一人、また一人と次々に馬車を降り、御者も含めて男たちが総勢六人。ドラゴン三頭を討伐するにしては非常に少ないメンバーだが、各自がとんでもなく強かった。

解析で見てみると、全員ベースレベルは１００以上。スキルのレベルを見ても、かなり強い。

恐らく全員ＳＳＳランク冒険者、しかも、六人とも『称号』持ちだ。

さっきの御者の人が『疾《はや》き剣闘士』で、レベル１０７の二人が『砕く者《クラッシャー》』と『魔導覚醒者』。レベル１０９も二人いて、どちらも『竜殺し』を持っている。

この四つの称号は全部Ｓランクで、『疾き剣闘士』は素早い動きが特長の剣士、『砕く者《クラッシャー》』は破壊力抜群の拳闘士、『魔導覚醒者』は魔術の才能が優《すぐ》れた魔道士のことだ。

『竜殺し』はまさにドラゴン討伐に特化した称号で、非常に頑強《がんきょう》な肉体を持つとともに、ドラゴンと戦うときだけ大幅に能力が上がるというモノ。

そしてリーダーらしき大男は、あのボルゴスの『暴君』と同じSSランクの称号『要塞《フォートレス》』というのを持っていた！

この称号って……確か『ナンバーズ』の人じゃなかったっけ？

序列四位だったボルゴスよりも上――序列三位にいた気がする。

この『要塞《フォートレス》』持ちの人は、ボルゴスほどではないけどかなりの大柄で、鍛え上げられた筋肉質な身体をしている。

年齢は四十歳くらいだろうか？　大雑把《おおざっぱ》に切られた茶色の短髪と、手入れのされてない無精髭《ぶしょうひげ》により、年よりも老《ふ》けて見える。

称号『要塞《フォートレス》』は、発動すると自身が凄まじい体力・耐久になるというモノで、しかも周囲に防御領域を作成し、その中にいる人間をまとめて守ることができる能力らしい。

スキルのレベルも高く、『断鬼』と『竜体進化』まで持っている。

『断鬼』は、『剣術』の亜種『両手持ち』と『腕力』が融合した上位スキルらしく、その一撃の威力は最大クラスだ。『竜体進化』は肉体をとてつもなく強靱にする。

そして何より、この人『聖剣』を持っているぞ！

解析してみたら、どんなものでも分断するという、あの有名な『首落としの剣《ファーレンハルス》』だ。

この聖剣は剣身に『空間魔法』がかかっていて、その能力を発動すると、対象を次元ごと斬り裂くというモノだった。

なるほど、どんなものでも斬っちゃうわけだ。ただ、発動には時間制限があるらしい。

クラスメイトの『次元斬』もほぼ同じ能力だけど、クラスメイトのほうが汎用性も高く、そして現在はさらに成長しているだろうな。

うーんさすが『ナンバーズ』序列三位、メタクソに強いですね。

SSSランクが揃った討伐隊の中でも、ひときわ飛び抜けた能力だ。まさに英雄級である。

ベースレベルもこの中では突出していて、序列四位だったボルゴスの125を超える128だ。ナンバー3とあって、序列通りの力と言える。

討伐隊の人数が少ないけど、これは余計な犠牲を出さないための選抜《せんばつ》メンバーなんだろう。

というか、世界に二十人もいないと言われているSSSランク冒険者の六人がここに揃っている。まさに世界屈指《くっし》の『竜族討伐隊《ドラゴンバスターズ》』だ。

ただ、回復役となる神官がいないんだな。

一応アイテムでも回復できるけど、ドラゴン退治に回復役がいないのは意外だ。

僕はその『要塞《フォートレス》』持ちのリーダーに話しかけてみた。

「あのう……ひょっとして『ナンバーズ』のお方では？」

「ほほう、子供でもワシのことを知っておるとはな。ワシはナンバー3のフォルス・ヴィグールだ」

　やはり。まあこんな凄い能力持ちが、ほかにいるわけないけどさ。

「ドラゴン討伐と聞いて僕たちも参加しに来たんですけど、なんとかご一緒させてもらえないでしょうか？」

「少年よ、その勇気と好奇心は評価するが、おぬしでは到底無理だ。それに後ろの少女たちまで危険に晒す気か？　どうやってここまで来たのか知らぬが、少女たちを連れて引き返すがよい」

　……ダメか。

　僕の力を見せれば、ひょっとしたら参加を認めてくれるかもしれないけど、イザヤたちのときに失敗している。安易に披露《ひろう》するのはやめておこう。

　それより、いいことを思いついた。

　無理に入れてもらわなくても、この方法なら目的の場所まで行けると思う。

「はて……？　おぬしのことをどこかで見たような気がするのだが……ふぅ～む」

　うわわ、リーダーの大男――『ナンバーズ』のフォルスさんが、僕の顔をじっと見つめてくる。

　ひょっとして、僕の手配書を見ていたのかも？　気付かれる前に、いったん別れよう。

「そ、それではフォルスさん、討伐隊の皆さん、お手間を取らせて申し訳ありませんでした」

「おおう、ではおぬしたち、気を付けて帰るのだぞ」

「はい！」

討伐隊は僕らを置いて、またヴィルカーム山脈へ向かって走り出した。

よし、追跡《ついせき》はこれからだ！

◇◇◇

「うええ、汗臭いおじさんの匂いはなかなかキツイよお～」

リノが泣き言を漏らす。

「ごめんリノ、なんとか頑張って！」

ドラゴン討伐隊と別れた後、僕たちはこっそり彼らを追跡している。

追跡方法は、リノの『超五感上昇《スーパーセンシティブ》』だ。このスキルの特性でフォルスさんの匂いを覚え込んで、それを探知しながら追っている。

このリノの能力は、相手が十キロ離れても大丈夫なので、かなり距離を取っても問題なかった。おかげで、巨大ゴーレムに乗ってても、相手に気付かれることはない。

ちなみに、匂いを覚えられるのは同時に一つだけらしいので、今まで登録されていた僕の匂いは消えている状態だ。リノにはそれがちょっと悲しいらしい。

そのまま一日半ほど移動したのち、昼過ぎにヴィルカーム山脈へと到着した。

ドラゴンが発見されたというのは、きっとこの奥の山頂辺りなんだろう。

このまま遠方からあとをつけている状態だと、山中ではさすがに行動がしづらいな。

フォルスさんたちに怒られそうだけど、合流することにしよう。

僕たちはゴーレムから降り、ルクに巨大化してもらって、その背に乗って一気に討伐隊へと近付いた。


「皆さん、待ってくださーい！」

声が届く距離まで来たところでルクを元に戻し、討伐隊の人たちに呼びかけた。

僕の声を聞いて、フォルスさんたちは驚いたように立ち止まる。

「おぬしたち、ワシらを追ってきたというのか!?　帰れと言ったであろうに……！」

僕たちは急いで駆け寄って、もう一度連れていってもらえるよう頼み込んだ。

「忠告を無視して大変申し訳ありません。でも、どうしてもご一緒させていただきたいのです」

「ダメだと言ったはずだ小僧！　どうやってついてきたのか知らねーが、オレたちの言うことが聞けねえなら力ずくで帰ってもらう！」

聞き分けのない僕に向かって、拳闘士の人が拳を握った。

やはり戦うしかないのか……？

だが、拳闘士の人をフォルスさんが制止した。

「よすのだガイナス！　少年よ、おぬしのは勇気ではなく無謀《むぼう》というものだ。それに、ワシは少女たちを危険に晒すなと言ったはずだが、何故連れてきた？」

「僕の仲間だからです。彼女たちは僕が絶対に守ります！」

「ガキのクセに生意気《なまいき》言いやがって……」

「ふぅむ……そこまで言い切りおるとは。なるほど、ここまで付いて来れたことといい、ただの子供というわけではなさそうだな」

フォルスさんはあごを撫でながら、僕を値踏《ねぶ》みするかのように見つめている。

「おぬし、本当に少女たちを守り切れるか？　約束できるなら、同行を許可してもよいが」

その言葉に冒険者の一人が眉《まゆ》をひそめる。

「おいフォルス、まさかこいつら連れていくのか？　こんな危険な任務にガキを同行させるなんて、お前としたことがどういう風の吹き回しだ？」

「仕方あるまい。もうここまで来てしまった以上、無闇に追い返すのも危険かもしれぬ。それにこやつ……何か気になるのだ。さて、どうする少年？」

「はいっ、約束します！」

「言っておくが、おぬしたちの命の責任は持てぬ。絶望というものを思い知ることになるやもしれぬぞ？　それと、竜退治のときは遠くに離れていてもらう。戦闘の邪魔になるからな」

「……分かりました。ではよろしくお願いいたします」

僕に合わせて、リノたちみんなも頭を下げる。よかった、これでドラゴンのもとへ行けそうだ。

討伐隊の戦闘を邪魔しないようにしながら、なんとか一頭だけでもテイムしたいところ。

「決まっちまったんじゃしょうがねーな。そんじゃ、オレたちが前を歩いて道を作る。モンスターに襲われないよう、お前たちは後ろを離れずに付いてこい」

ここには危険な魔物がウヨウヨいるため、僕たちは隊列を組んで移動することに。

前方はフォルスさんを含めた討伐隊の四人が進み、僕たち五人とルクがそれに続き、そして後方を討伐隊の残り二人が守る形となって、山の奥へと進んでいった。

4. いざ竜退治へ

「しっかしお前たち、ずいぶん大きな『猫獣《キャットビースト》』を連れてるな。いったいどこで見つけたんだ？」

「こんなでかいサイズなんて、とっくに絶滅したと思ってたぜ。よく懐いているようだし、なかなか頭も良さそうじゃないか」

討伐隊の人たちが、大人しく付いてくるルクを見て、感心したような声を上げる。

ルクもまんざらではないようだ。褒《ほ》められているのが分かるらしい。

僕たちは今、討伐隊の案内に従って、山中の道なき道を進んでいる。草木が生い茂りすぎて、いったいどこに向かっているのかもよく分からない状態だ。

討伐隊の案内なしでは、とてもドラゴンのもとへは辿り着けないだろうな。

ちなみに、『飛翔《フライ》』で飛んで移動をしないのは、ドラゴンになるべく気付かれないようにするためだ。

ドラゴン相手にいきなり空中戦はキツイし、こちらが近付く前に逃げられちゃう可能性もある。そのため、こっちの間合いになるまで地上からゆっくり接近しようという作戦だ。

その道中だけど、秘境とまで言われている山なので、当然の如《ごと》く凶悪な魔獣があちこちに潜《ひそ》んでいる。超が付くほどの危険モンスターにも遭遇したけど、討伐隊の人たちが倒してくれた。

さすがSSSランク冒険者、ドラゴン三頭を相手にしようとしている人たちだけに、そんじょそこらのモンスターなど敵じゃなかった。これは頼もしいな。

しばらく進んでいると、後方から高速でスルスルと近付いてくる存在を感知した。

これ、かなり強いぞ。それも複数いる。

「後ろから何か来ています、お二人とも気を付けて！」

「なんだって？　そんなヤツ、何も感じ……」

と僕が忠告をした直後、後ろを守ってくれている討伐隊員二人の前に、草葉を散らしてズルルと何かが持ち上がった。

巨大な蛇の鎌首《かまくび》だ。それがなんと四つも……！

「くっ、しまった！　コイツは『死を呼ぶ黒き大蛇《ギガント・クリープマーダー》』だ！」

「くそっ、四匹も来やがるとは……！　フォルス、手伝ってくれ！」

『死を呼ぶ黒き大蛇《ギガント・クリープマーダー》』とは体長二十メートルにもなる巨大な蛇で、その巨体に似合わず気配を殺して接近するのが上手く、いつの間にか忍び寄って襲ってくるモンスターだ。

四匹もいてはさすがに手に余ると感じた二人が、前方にいるフォルスさんたちに援護《えんご》を頼んだけど、その助けが来る前に『死を呼ぶ黒き大蛇《ギガント・クリープマーダー》』たちが襲いかかってきた。

仕方ない、僕が倒すか……と思ったところ――

「ユーリ殿、オレたちに任せてくれ！」

「ソウデス！　ご主人様のことを甘く見られて、ずっとストレスが溜まっていたところデシタ！　このワタシの力を思い知らせてやるデス！」

「私たちだってもう充分強いんだからね！」

「ぐふふふ、目にもの見せてやりますわ……！」

リノたち四人が武器を抜いて、『死を呼ぶ黒き大蛇《ギガント・クリープマーダー》』へと向かっていった。

ソロルが一人で一番右にいるヤツを受け持ち、リノとフラウ、フィーリアの三人が、一番左にいるヤツを相手にするようだ。

では、ここはリノたちに任せてみるか。何かあったときは僕がフォローしよう。

「お、おいお前ら、無茶すんじゃねえ……えええええっ⁉」

ソロルが矢のように接近し、手に持つ『竜牙の剣《ドラゴンソード》』で斬りつける。

その衝撃で、『死を呼ぶ黒き大蛇《ギガント・クリープマーダー》』がぶっ飛んでいく。

もう一方では、素早いリノが『死を呼ぶ黒き大蛇《ギガント・クリープマーダー》』の気を引き付け、隙を見せたところをフラウが矢で攻撃している。

そしてフィーリアはその間に詠唱を済ませ、随時魔法を放っていった。

「な……なんだこの子たちの強さは⁉　普通じゃねえぞ⁉」

　コツコツとレベリングしてきたおかげでリノの回避力はもう充分高いし、ソロルも『竜鱗の盾《ドラゴンシールド》』を使ってしっかり攻撃を受け止めている。

『眷女』になった効果で、ステータスもレベル450相当だ。『死を呼ぶ黒き大蛇《ギガント・クリープマーダー》』といえども、すでにリノたちの敵ではなかった。

　ルクも少し戦いたがったけど、ここは我慢してもらった。

　一応ルクには、僕の命令以外では変身しないよう言いつけてある。事あるごとに巨大化されちゃうと困るからね。

　もしリノたちが危険な状況になったら、『呪王の死眼』で『死を呼ぶ黒き大蛇《ギガント・クリープマーダー》』を即殺しようと思っていたけど、その心配は杞憂《きゆう》に終わった。

　ちなみに、レベリング時にも実験しているけど、『呪王の死眼』はまだレジストされたことはない。レベル1から上げていないが、どんなモンスターでも全て即殺している。

　恐らく、『死を呼ぶ黒き大蛇《ギガント・クリープマーダー》』にも効いたんじゃないかな。『即死無効』を持ってなかったみたいだし。

　この山なら実験する機会は多いと思うので、こっそり使っていこう。

　討伐隊の二人も『死を呼ぶ黒き大蛇《ギガント・クリープマーダー》』を仕留め、無事戦闘は終了した。

「まさか、少女たちがこれほど強かったとは……。ワシの勝手な思い込みで、弱いと決めつけて申し訳ないことをしたな。なるほど、おぬしが少女たちを連れておるわけだ」

「いえ、別に気にしてませんから……」

フォルスさんが、僕に対して謝罪をしてくれる。

リノたちのおかげで、討伐隊の皆さんに力を認めてもらえたようだ。

「それにしても、よく『死を呼ぶ黒き大蛇《ギガント・クリープマーダー》』の接近に気付いたな。オレたちでも分からなかったというのに」

「それに、少女たちの強さ……技はまだ未熟なところがあるが、スピードやパワーが桁外れだ。オレが知っている限りでは、こんなタイプの冒険者など見たことがない」

「持っている武器も見事だ。これほどの力があれば、冒険者でもトップクラスのはずだが……？　いったいどこの国に所属するチームなんだ？」

うわ、困ったな。

素性を知られちゃうと、僕らがお尋ね者ということがバレるかも……

「待てよ、お前たちくらいの年齢でこの強さといったら、あの有名な『エーアストの神徒』じゃないのか？」

ドキッ！　気付かれてしまった！

どうする、認めるべきか？　いや、この状況では、シラを切るほうが難しいか……

「……はい、僕たちは対魔王軍戦力と呼ばれる世代です。他国では『エーアストの神徒』

と言われているようですが」

「なるほど、こりゃあ噂通り強い。ドラゴン退治に挑戦したいってのも納得いったぜ」

「ふぅーむ、有名な少年たちであったか。それでワシはおぬしのことを知っておった気になったのかもしれぬな」

フォルスさんを含め、討伐隊のみんなが感心した表情で僕たちを見る。

よかった、この感じなら、僕らがお尋ね者だということには気付いてないようだ。

とりあえず、討伐隊との関係も良好になってホッとした。

このあとも僕たちは進み続け、少し開けた場所に出たところで野営することに。

僕たちには持ってきた箱家があるけど、討伐隊の人たちにはあまり見せたくない。結局、みんな普通のテントで一夜を過ごした。

◇◇◇

翌日も、同じように僕たちは進み続ける。

目的地を訊いてみたところ、ドラゴンの居場所の目星は付いているけど、やはり行ってみないと分からないらしい。

予定としては、明日の昼には到着するようだ。

秘境ということで、初めは僕も緊張してたけど、今ではここのモンスターの強さも掴んだので、心にも多少余裕はできた。

かなり手強いと言われている魔物でも、今の僕の敵ではなかった。こっそりと『呪王の死眼』も試したけど、未だレジストできたヤツはいない。

もちろん相手に『即死無効』があれば効かないけど、死霊系以外のモンスターでは、滅多に『即死無効』を持ってるヤツはいないからね。

リノたちもすっかりここには慣れたようで、たまに戦闘にも参加させてもらっている。

こんな経験はなかなかできないので、ありがたいところだ。


この調子で移動し続け、山に入って三日目、予定通り僕たちは目的地付近に来た。

ドラゴンに気付かれないよう、行動も慎重になる。

しかし、目星を付けていた辺りをうろついてはみたものの、ドラゴンの姿は見当たらない。

僕の『領域支配』スキルで探知もしてみるが、残念ながら見つけることはできなかった。

「むう……目撃情報から察するに、この辺りだと睨んだのだが……」

フォルスさんも、アテが外れたというような表情になっている。

まさか、ここまで来ておきながら、ドラゴンは別な場所に移動してしまったなんてことは？

ドラゴンの習性として、一度ねぐらを決めたら、しばらくはそこにとどまるはずなんだけど……

と不安になっていたところ、じっと神経を研《と》ぎ澄《す》ませていたリノが言葉を発した。

「この匂い……アマゾネス村で嗅《か》いだヤツと同じだわ！　きっとあっちにドラゴンがいる！」

「なんだとお嬢《じょう》ちゃん⁉　ドラゴンのいる方向が匂いで分かるってか⁉」

討伐隊の人が驚いているが、リノの嗅覚《きゅうかく》は超人的だ。

リノが感知した方角を、僕も『領域支配』で探ってみる。

……なるほど、言われてみれば、ほかのモンスターとは少し異質な気配を僕も感じた。

確かめてみる価値はあるだろう。

「皆さん、リノを信じて行ってみましょう！」

◇◇◇

討伐隊の人たちは半信半疑な様子だったけど、僕たちの指示通りに移動してみると、果たしてそこにはドラゴンの姿があった。

「おい、うそだろ……本当にドラゴンの匂いを感じ取ったっていうのか？」

「なんつー女の子だ……」

ドラゴンは情報通り三頭いた。全てノーマルドラゴンだ。

まだ僕たちには気付いていないようで、三頭とも昼寝をしているかのように横になっている。

「よし、チャンスだ！　逃さぬよう一気にいくぞ。少年、おぬしらには悪いが、我らの連《れん》携《けい》を乱されたくない。約束通り、この戦いは離れていてもらうぞ」

フォルスさんの命令で、僕とリノたちはこの場に待機することになった。

僕がドラゴンを倒したいところではあるけど、強すぎる力を見せて、イザヤたちのように僕のことを勘違いされても困る。

フォルスさんは僕の顔に見憶えがあるみたいだし、各国のトップは僕のことを『魔王』と思ってるようだから、安易に戦わないほうがいいだろう。

ドラゴンをテイムするのは一頭でいいので、タイミングを見て一頭だけもらえたらと思ってる。

「よぉし、今よりおぬしたちは無敵だ！　神力顕現《けんげん》『不落城砦《ふらくじょうさい》』！」

こ、これは……！

フォルスさんが称号『要塞《フォートレス》』の能力を解放すると、メンバー全員が光の球体に包まれた。

解析してみると、これはメンバーが喰らうダメージを、全てフォルスさんが代わりに引き受ける術だった。つまり、メンバーはダメージを一切気にせず、全力で戦うことができるというわけだ。

しかも、肩代わりで受けるダメージに耐えるため、フォルスさんの『体力《HP》』と『耐久』は十倍になっている。この状態なら、通常時の数十倍のダメージにも耐えられるはず。

ただし欠点として、この『不落城砦』を発動中はフォルスさんの回復ができないらしいが、彼は『竜体進化』も持っているし、生半可のことではHPは尽きないだろう。

この術は、当然ながら味方が強いほうが効果的だ。仲間の戦闘力が低い場合、せっかくフォルスさんがダメージを引き受けても、大きく活《い》かすことができない。

その点、このSSSランクチームなら効果は絶大《ぜつだい》だ。

なるほど、この『不落城砦』があるから、メンバーに神官がいなかったのか。回復する必要がないもんね。

それに、攻撃力の低い神官を入れるくらいなら、一人でも多くアタッカーを入れて一気に倒したほうが、結果的にフォルスさんの受け負うダメージも減るかもしれない。

『不落城砦』の効果は永遠じゃない。少しでも早く戦闘を終わらせるのが最優先だろう。

凄い能力だけど、『不落城砦』は、使用者――フォルスさんよりも強い人は対象外となってしまうらしい。

たとえば、シャルフ王やメジェールを、このスキルで無敵にすることはできないようだ。

恐らく、自分より弱い者を守るという能力なのだろう。強力だけど、都合のいいことばかりじゃなかったか。

「いくぞ、ドラゴン！」

討伐隊の誰かが発したかけ声で、ドラゴン三頭との戦闘が始まった。

最強種であるドラゴンは、SSランク冒険者ではまず歯が立たない。通常はSSSランク冒険者に仕事が回る。

そのSSSランクでさえ大規模討伐隊を組み、念入りに作戦を練《ね》った上で、なんとかドラゴン一頭を退治できるというほどの難易度《なんいど》だ。

それほどドラゴンは強敵で、それゆえにドラゴンを倒した者は『竜殺し《ドラゴンスレイヤー》』の栄誉を与えられることになる。

今回はドラゴン三頭相手に討伐隊は六人だ。通常ではまず勝てない。

だが『ナンバーズ』であるフォルスさんの力は飛び抜けて強く、ドラゴン一頭だけなら一人で倒せるほどだ。ほかの五人も『不落城砦』で守られているし、問題なく勝てるだろう。

あとは、いつテイムさせてもらうかだ。戦闘の邪魔になっちゃ申し訳ないから、最後の一頭になるまで待ったほうがいいかも？

獲物を横取りするみたいで少し気が引けるけど、それ以外上手い方法はないよなあ……

フォルスさんたちは空中戦を織《お》り交ぜつつ、ドラゴンとバトルを繰り広げる。

充分に接近してから不意打ちを仕掛けただけに、フォルスさんたちが優勢《ゆうせい》ではあるけど、さすが最強種族、そんなに簡単には倒されてくれない。

ドラゴンは空中戦が強すぎる。フォルスさんたちの『飛翔《フライ》』はレベル10じゃないので、ドラゴンの動きに少々付いていけないのだ。

だから、なかなか決定的な一撃を与えることができない。しかしこのままいけば、ドラゴンが先に力尽きるのは間違いない。

フォルスさんたちは焦らず、着実にドラゴンを追い詰めていく。


熱戦は続き、そろそろ勝負が付くかと思っていたところ、思いもよらない事態が起こった。

なんと、新たにドラゴンが三頭、空を飛んでこの場にやってきたのだ。

合計六頭。ドラゴンがこんなに集まるなんて、まずあり得ない。

「ばかなっ、三頭ではなかったのか⁉　いかん、さすがのワシらでも、これは勝てるかどうか……」

新たな敵の出現に、フォルスさんたちも動揺を隠せない様子だ。

優勢だった戦いが、一転して逆に追い詰められている。

まずいぞ、ドラゴン六頭が次々と繰り出す攻撃に、討伐隊チームはなす術がない。その結果、ダメージを肩代わりしているフォルスさんの体力《HP》が一気に減っていく。

フォルスさんの聖剣『首落としの剣《ファーレンハルス》』も、近付けないのでは宝の持ち腐《ぐさ》れだ。

これはもう僕の力を見せたくない、などとは言ってられなくなった。

すぐに助けに行かないと！

「みんなはここで待ってて！　絶対に近付いちゃダメだよ！」

「分かったわ、気を付けてねユーリ！」

「ご主人様、ドラゴンたちを蹴散《けち》らしてくるデスよ！」

「ンガーオ！」

「任せとけ！」

リノたちをこの場に待機させ、僕は『飛翔《フライ》』で飛び上がったあと、フォルスさんたちのもとに素早く移動した。

◇◇◇

「フォルスさん、皆さん、大丈夫ですか⁉」

「こ、小僧っ、来ちまったのか⁉」

「ワシは離れていろと言ったはずだぞ！　おぬしは何故命令が聞けぬのだ！」

「このままでは皆さんがやられてしまいます！」

「バカ者っ！　おぬしまでやられてどうする!?　おぬしはワシの『不落城砦』で守られてはいないのだぞ！　ドラゴンの攻撃を喰らえば、一撃で終わりだ！」

「安心してください、僕は喰らいませんから！」

討伐隊のみんなにそう言い残し、僕はドラゴンへと向かっていった。

「少年っ、今ワシがそこへ行く！　それまで死ぬな……なんとっ!?」

「こ、こりゃあ……ウソだろ？　オレは夢でも見てるのか!?」

僕は宙を飛び交うドラゴンのブレスを、急旋回《きゅうせんかい》しながら避けまくる。

そして一気に近付いて、『竜牙の剣《ドラゴンソード》』でドラゴンの首を斬り落とす。まずはこれで一頭。

今の僕は、以前ドラゴンと戦ったときの数十倍と言っていいほどの強さになっている。

いや、そんなもんじゃないな、数百倍になっているかも。なので、もはや何頭いようとも、ノーマルドラゴン如《ごと》きは敵じゃない。

同じように、次のドラゴンの首も素早く狩る。

「な……なんという凄まじい戦闘力なんだ！　ドラゴン相手に、空中戦で互角以上に戦えるヤツがいるとは……」

「化け物みたいにつええ……あいつまさか、『勇者』なのか？」

「いや、今回の『勇者』は少女のはずだ。となると、『剣聖』か……？　にしても、強すぎる！　あっという間にドラゴンを倒していくぞ」

「……そうか、あの少年、ようやく思い出したぞ！　何か引っかかっておったが、シャルフが言っておった『人類の秘密兵器』とは、あの少年のことに違いない！」

フォルスさんたちが驚いている中、僕は次々にドラゴンを倒していった。

ドラゴン相手に、こっそり『呪王の死睨』も実験してみた。なんと、あっさり即死した。

このスキル、相当強いな……さすがに効かないだろうと思っていたから、ちょっとビックリした。

そしてついに残り一頭となったので、そのドラゴンに向けて予定通り『竜族使役』を仕掛けてみる。

「我が従僕《しもべ》となれっ、『服従せよ《テイム》』っ！」

スキルを発動すると、僕の身体の中へドラゴンの忠誠心が流れ込んで来るのが分かった。

これが『テイム』か。すでにドラゴンから敵意はなくなり、従順《じゅうじゅん》な存在となっている。

僕はドラゴンを使役することに無事成功したのだった。

全てを終えたので、僕は従僕となったドラゴンと共に、フォルスさんたちのもとへと戻る。

「おぬし……まさかドラゴンをテイムしたのか⁉」

「はい、なんとか成功しました。僕の今回の目的は、ドラゴンをテイムすることだったんです」

「オレたちがドラゴン退治しようと思ってた中で、そんな大それたこと考えてやがったのか……」

「まったく、こりゃ大物だぜ。『竜使い《ドラゴンテイマー》』なんて誕生したのは、いったい何十年ぶりだ？」

すっかり大人しくなったドラゴンを見て、フォルスさんたちは感心しきりだ。

「これはまいった、まさかおぬしに救われるとはな。少女たちの力を見誤ったことといい、おぬしを見くびってしまったことといい、ワシの目は完全に節穴《ふしあな》だったようだ。どうか許してくれ」

「そんな、このドラゴンをテイムできたのも皆さんのおかげですし、こちらこそ感謝してます」

フォルスさんたち全員が、僕にお詫びをしてくれる。

なんとか全員無事だったし、あとはここから帰るだけ……と安心したところで、突然強烈な気配を感知した。

それはかつて感じたことのないほどの重圧感《プレッシャー》で、信じられないが、あのヴァクラースを遙かに超える存在としか思えない。そのあまりの力《パワー》に、かなり離れていても感知できたほどだ。

そんなヤツが、猛烈《もうれつ》な速度でここへと接近している！

「皆さん気を付けてください！　何かとんでもないヤツがこっちに向かってきます！」

「なんだと⁉　ドラゴン以外にも、何かここにはいるということか⁉」

気配のほうを注視《ちゅうし》していると、ゆらめくように小さな点が見え始め、そして近付くにつれてその姿が明らかとなってきた。

これは……こんな巨大な生物なんて、見たことも聞いたこともないぞ⁉

そう、その強敵の正体は……

真《ま》っ赤《か》な色をした、超巨大ドラゴンだった！

5. 伝説の最強ドラゴン現る

僕たちの前に現れたのは、常識を超えた大きさを持つ、真紅のドラゴンだった。

ノーマルドラゴンが体長二十メートル前後という大きさなのに対し、その赤いドラゴンは、六十メートル以上はあるかと思われた。

女神様を襲った邪黒竜ですら、体長は四十メートルほどだ。赤いドラゴンが、如何《いか》に規格外の巨体なのかが分かる。

「ば……バカなっ⁉　アレは……燦光魔竜《レッドエンペラー》！」

討伐隊の一人が、そのドラゴンの名を叫んだ。

レッドエンペラー？　というと、竜族の中でも最強種と言われてるエンペラードラゴンのこと？

もはや伝説でしか聞いたことのないような存在だ！

エンペラードラゴンは、歴史上でも数頭しか確認されてなかったはずで、しかも最後に目撃されてから千年以上経っている。

すでに絶滅したとすら言われていたのに、今ごろになって何故⁉

ドラゴンが六頭も集まったり、邪黒竜が女神様を襲ったりと、不穏なことが起こりすぎる。平和だったアマゾネス村にもドラゴンが出現した。

これらは全て魔王復活の影響なのか⁉

「くそっ、史上最強のエンペラードラゴン……『燦光魔竜《レッドエンペラー》』なんて、言い伝えだけの存在だと思ってたぜ。遥か大昔に暴れ回ったという伝承《でんしょう》が残ってる程度だ。こんな怪物が実在してたんじゃ、魔王の前にコイツが世界を滅ぼすぞ」

「どうするフォルス⁉　オレたちだけじゃとても倒せねえぜ！」

「よもや、このような事態になるとは……。『ナンバーズ』を集結させたとしても、ヤツには勝てぬだろう。人類の生存をかけて、全世界が力を合わせねば！」

世界の危機を感じて、フォルスさんは苦悩《くのう》の色を浮かべている。

その時、『熾光魔竜《レッドエンペラー》』が強烈なブレスを吐いた。

ここからはまだ距離があるというのに、その超高熱の炎は、あっという間に僕たちのところまで届く。

ゴオオオオオオオオオオオオオオオオッ！

「あぶねえっ！　ぐうううっ……！」

間一髪、全員がそれを避けるが、熱線の余波だけでも、みんなは相当ダメージを受けたようだ。

解析してみると、今のは『輝炎息吹《フレアブレス》』というモノで、通常の『竜の息吹《ドラゴンブレス》』とはケタ違いの破壊力を持っていた。そのダメージが、『不落城砦』を使用したフォルスさんへと集中してしまう。

これ以上受けたら、フォルスさんが本当に危ない。

「あの赤いドラゴンが近付かないように足止めしてくれ！」

僕はテイムしたばかりのドラゴンを、『熾光魔竜《レッドエンペラー》』へとけしかけた。

これで逃げる時間を稼げるはず！

「皆さん、今のうちに撤退《てったい》しましょう！　このままでは危険です、一度態勢を立て直さないと！」

「……うむ、おぬしの言う通りだな。よし、ヤツから離れるぞ！」

僕の提案で、みんないっせいに『熾光魔竜《レッドエンペラー》』から距離を取る。

たとえ僕でも、コイツといきなりやり合うのは危険だ。弱点などを調べて、対策してから戦わねば！

『熾光魔竜《レッドエンペラー》』は、同族であるドラゴンが襲いかかってくるのに戸惑っているようだ。

このまま上手くいけば、ヤツの前から姿をくらますことができるかもしれない。

そうだ、リノたちにもすぐに離れてもらわないと！

「リノーっ！　今すぐに全力で山をおり……フラウ、何してんだ⁉」

僕が大声で指示をしようとしたら、フラウが気絶していた。多分、『熾光魔竜《レッドエンペラー》』の姿を見て、恐怖で気を失ったんだろう。

まったく、こんなときに……！

「ルク、変身してくれ！　みんな、ルクの背に乗って大急ぎでここから離れるんだ！　そして安全なところに身を隠してくれ！」

僕の命令を聞いて、ルクが『キャスパルク』の姿になる。

ルクなら、その巨体で一気に遠くへと行けるだろう。

「な、なんだ⁉ 『猫獣《キャットビースト》』が巨大化したぞ⁉ あの姿……まさか伝説の幻獣『キャスパルク』なのか⁉」

「少年、おぬし『キャスパルク』までテイムしていたというのか⁉ なんという力の持ち主なのだ」

フォルスさんたちの驚愕の声を聞きつつ、僕らは地上へと降り立った。

あとは木々に隠れながら、ここを離脱《りだつ》するだけ……

ふと上空で、『熾光魔竜《レッドエンペラー》』がブレスを吐いたのを感じた。続いて、僕がテイムしたドラゴンが、黒焦《くろこ》げとなって落ちていく。

同族に襲われて戸惑っていた『熾光魔竜《レッドエンペラー》』だけど、結局敵と認定して焼き殺したようだ。

そして、そんなことをさせた僕たちに対し、猛烈に激怒している。

まずいなこれ、逃げ切れるか……？


とそのとき、『熾光魔竜《レッドエンペラー》』から何かの音が洩《も》れた。

コレ……ひょっとして竜言語の詠唱では？ まさか、『竜語魔法《ドラゴンロアー》』を使う気か⁉

しまった、防御が間に合わない！

その瞬間、僕らは真黒の空間に包まれた。

解析をしてみると、コレは『呪闇界《カースオブダークネス》』という竜語魔法で、エリア内にいる生物の五感を全て奪うというモノだった。

もちろん僕には効かないので、一瞬の闇ののちに周りが少し暗くなった程度だが、フォルスさんたちはレジストできなかったようだ。全員五感を奪われ、身動き不能となってしまう。

「こ……これは⁉」

「ワシは……死んだのか？　何も見えぬ、何も聞こえぬ、何も感じぬ！」

くそっ、これで撤退の選択肢はなくなった。

イチかバチか『熾光魔竜《レッドエンペラー》』を倒す以外、ここを逃れる方法はない！

いや……コイツを『テイム』してやる！　今の僕なら、決して不可能ではないはずだ！

フォルスさんたちを戦闘の巻き添えにしないため、僕はもう一度飛び上がり、上空にて『熾光魔竜《レッドエンペラー》』と対峙《たいじ》する。

ヤツの身体は、三重の強力な結界に守られていた。これはしぶとそうだな……

念のため『呪王の死眈』を使ってみたが、『熾光魔竜《レッドエンペラー》』には効かなかった。レベル1ではあるが、初めてレジストされた。

さすが伝説の竜といったところか。解析が不完全なので分からないが、『即死無効』を持っている可能性は充分ある。

空中でヤツの吐くブレスを避けながら、次は『竜族使役』スキルで実際にテイムを試みる。

まだレベル5だが、ノーマルドラゴンなら問題なくテイムできた。……しかし、残念ながら『熾光魔竜《レッドエンペラー》』には通じなかった。

レベル5ではまだ足りないか……やはり手強い。

とりあえず、このまま空中にいられるとやっかいだ。ヤツを『重力魔法』で地上に落とそう。

「その身を潰せ、『超超潰圧陣《ギガトンプレス》』っ！」

これは以前使った『超圧重力圏《ヘヴィグラビティ》』のさらに上位魔法で、人間なら数百人が一瞬でペシャンコだ。

これなら『熾光魔竜《レッドエンペラー》』も地に引きずり落とせるかと思ったら、なんとヤツは空中で微動《びどう》だにしなかった。

解析してみたら『熾光魔竜《レッドエンペラー》』は『重力反射《グラビティリフレクター》』という能力を持っていて、それで『重力魔法』を無効化したようだ。

よく分からないけど、これは下に落ちる力を逆に反射する『反重力』というモノで、基本的にドラゴンはこの能力で『浮遊《レビテーション》』しているらしい。

魔力で飛ぶ『飛翔《フライ》』よりも、もっと高度な能力っぽいな。『飛翔《フライ》』では重いものを持って飛ぶことはできないけど、『重力反射《グラビティリフレクター》』なら可能らしい。

背中の翼は、飛行時の微調整を行う程度の役割のようだ。

なるほど、最強のドラゴンと言われるだけのことはある。ここまで僕の技が通じなかったのは初めてだ。

三重の結界にも守られているし、ひょっとしたら『界域魔法』すら耐えるかもしれないな。

『異界無限黒洞《ブラックホール》』を最大出力で撃ったら倒せるかもしれないけど、辺り一帯全て破壊しかねないほどの威力だ。そうなれば、リノたちやフォルスさんたちも危ない。

さて、どうする？

……戦闘中にちょっと危険ではあるが、『竜族使役』のレベルを上げてみるか？『テイム』できるなら、それが一番いいだろう。

僕は『熾光魔竜《レッドエンペラー》』の隙を窺いながら、経験値22億4000万使って、『竜族使役』をレベル8まで上げる。

そしてまたテイムを仕掛けてみた。

……だめだ、まるで手応えがない。『竜族使役』でもテイム不可能なのかもしれない。

いや、諦めるのは『レベル10テイム』を試してみてからだ。

危険な賭《か》けになるが、僕は覚悟を決め、『竜族使役』を最大のレベル10まで上げる。

追加で使用した経験値は76億８０００万。

さすがにこの強化には負担《ふたん》がかかり、そのタイムラグによって僕の動きが大きく制限された。そこに、『熾光魔竜《レッドエンペラー》』の『輝炎息吹《フレアブレス》』が直撃する。


くうっ……これは凄いブレスだ！

まるで最大威力の『界域魔法』をずっと浴びているような状態で、超高温というだけじゃなく、破壊する能力も絶大だ。

細胞の結合自体を、粉微塵《こなみじん》に分解しようとしてくる。

その凄まじい威力は、『神盾の守護《イージスフィールド》』の防御すら越えて、僕にダメージを与えてくるほどだ。

が、『超再生』レベル４のおかげで、僕の破壊された肉体は瞬時に再生していく。

しかし、本当にとんでもないドラゴンだ。まさに伝説級の怪物。『超再生』がなかったら結構ヤバかったな。

だが、コイツの力はだいたい分かった。どうなるか不安だったが、僕ならば……勝てる！

ブレスに耐え切り、レベル10まで上げた『竜族使役』を『熾光魔竜《レッドエンペラー》』にかける。

…………っ、これでもテイムできないのか⁉

いやしかし、解析では、対象の忠誠心――つまり従僕度が足らないと出た。

要するに、『熾光魔竜《レッドエンペラー》』に力関係を教え込んでやれば、テイムできる可能性があるってことか？

俄然《がぜん》やる気が出た！　コイツを力でねじ伏せてやる！

と、そうテンションが上がったところに、また『熾光魔竜《レッドエンペラー》』が竜言語を詠唱し始めた。

『竜語魔法《ドラゴンロアー》』だ！　『輝炎息吹《フレアブレス》』を耐えた僕に、さらに強力な攻撃を仕掛けようとしている！

解析してみると、どうやら『殲滅光域《アナイアレーション》』という超強力な魔法のようだった。

コレ……まずいぞ！　空中戦をしていれば、地上にいるフォルスさんたちは大丈夫かと思っていたけど、攻撃範囲にフォルスさんたちも入っている！

さすがにリノたちが逃げたところまでは届いてないが、かなり広範囲を対象にしている魔法だ。

僕は素早い判断に迫られた。

『熾光魔竜《レッドエンペラー》』に攻撃を仕掛けて、この魔法を阻止するか？

……いや、もし失敗したら、フォルスさんたちは死んでしまう。彼らを守るのが優先だ。

僕は急いで、融合で作った上位魔法――『神域魔法』の詠唱を始める。今僕が持っている最強の防御結界を放つためだ。

詠唱というのは、ただ早口で唱《とな》えればいいというモノではない。

精神を集中しながら『魔術言語《マギアロゴス》』をつむぐことによって、自身の魔力を形にしていく。

ベースレベルや魔術系スキルが育ってないと、この魔力の形成に時間がかかるので、魔法の発動がスムーズにいかない。能力を底上げすることにより、魔力の形成が安定し、魔法の素早い使用が可能となっていくのだ。

僕は史上最高レベルの力量を持っている。その僕が、自分の限界スピードで詠唱をつむいでいく。

なんとか間に合えっ！

「『極限遮断障壁《フローレスシールド》』っ！」

一瞬早く僕の詠唱が完了し、結界がフォルスさんたちを包み込む。

その直後、『熾光魔竜《レッドエンペラー》』の『殲滅光域《アナイアレーション》』が発動した。

辺り一面の地表がまばゆく発光し、そこから天空へと光柱が立ち昇《のぼ》っていく。それはエリア内にいる生物を、根こそぎ消滅《しょうめつ》させる魔法だった。

間一髪……まさに紙一重《かみひとえ》で、なんとかフォルスさんたちを守ることができた。

超強力な竜語魔法なので結界で完全に無効化できたわけではないが、討伐隊のみんなは無事耐えきってくれた。

僕はこの魔法をまともに喰らったが、ダメージは『超再生』によって即完治している。

こんな超魔法を持ってたなんて、本当に手強い相手だ。

だが、これでこっちの準備は全て整った。いくぞ、今から反撃開始だ！

まずは『熾光魔竜《レッドエンペラー》』を守る三重結界をなんとかするか。あのやっかいな結界を消すことができれば、こちらも攻撃がしやすくなる。

僕は試しに『神域魔法』にある『解除魔法《ディスペル・マジック》』を撃ってみたが、やはりただの結界ではないようで、打ち消すことはできなかった。

上位魔法でもダメなのか……結界の解除は諦めて、強引に叩きのめすか？

しかし、それをやればかなり派手な戦闘になって、ここら一帯が危険かもしれない。

さて、どうしようかと悩んだところ、そういえば『神遺魔法《ロストマジック》』にも、様々な効果を消せる強力な『解除魔法《ディスペル・マジック》』があったことを思い出した。

アレなら、あの結界も無効にできるかもしれない。

僕はその魔法を詠唱し、『熾光魔竜《レッドエンペラー》』に向けて撃ち放つ。

「万象原点に帰《き》せ、『虚無への回帰《ヴァニタス・エフェクト》』！」

すると、僕の推測通り、この魔法を受けた『熾光魔竜《レッドエンペラー》』の結界が全て霧散《むさん》した。

さすが『神遺魔法《ロストマジック》』、その効果は絶大だ。

丸裸となった『熾光魔竜《レッドエンペラー》』に次の攻撃をしようとしたところ、ヤツは急に体勢を崩し、地上へと落下していった。

なんだ？　何が起こった？

……そうか！　『虚無への回帰《ヴァニタス・エフェクト》』は、三重結界どころか『重力反射《グラビティリフレクター》』の効果まで一緒に消したので、浮遊していられなくなったんだ！

よし、これならいけるぞ！

自由に飛び回られる空中戦には手を焼いたが、地上戦ならこっちのもんだ。

僕も地上へと降り立ち、至近距離にて『熾光魔竜《レッドエンペラー》』と対峙する。

そこに『熾光魔竜《レッドエンペラー》』の前足が、強烈な勢いを持って打ち下ろされた。ブレスも竜語魔法も通用しなかった僕に、今度は物理的な攻撃をしにきたわけだ。

つまり、僕に対する有効な特殊技を出し尽くし、いよいよ打つ手がなくなってきたということになる。戦いの終わりが見えてきたな。

僕はその前足の攻撃《パンチ》を、片手で受け止める。

一見その体重差により、僕が叩き潰されそうに感じるが、そうはならない。地面にめり込むこともない。

何故なら、高レベル実力者は、強力な『力場《パワーフィールド》』を持っているからだ。

ベースレベルや様々なスキルレベルを上げることにより、自身の『力場《パワーフィールド》』は上がっていく。コレは無意識にまとうことができ、その力で自身の座標を固定する。

空間における座標をこの『力場《パワーフィールド》』で固定することにより、たとえば重量級のモンスターが突進してきても、弾《はじ》き飛ばされずに停止させることができる。

衝撃波などを喰らっても、簡単に吹き飛ばされたりはしない。

要するに、自分の体重に関係なく足場を安定させるのだ。まあこれ、学校で習う常識なんだけどね。

僕は超強力な『力場《パワーフィールド》』を持ってるおかげで、『熾光魔竜《レッドエンペラー》』とは果てしないほどの体重差があるけど、それに左右されずに肉弾戦ができる。

そして、ベースレベル999のSTR（筋力）値と、レベル10の『腕力』スキル、さらにはSランクスキルである『超力』もレベル10なので、僕は飛び抜けた超絶怪力だ。

この力があれば、『熾光魔竜《レッドエンペラー》』の体重を受け止めることなんて造作もない。

これにはさすがの『熾光魔竜《レッドエンペラー》』も驚いたようで、一瞬動きが固まった。そのチャンスに、僕は一気に『縮地』レベル10で地を跳び、背後に回って尻尾を両手で掴む。

超怪力でそのままぶん回し、『熾光魔竜《レッドエンペラー》』をバチンバチンと、力任せに地面に叩き付けまくった。こんなマネができるのも、『力場《パワーフィールド》』で僕の座標を固定しているからである。

ここまでくればもう僕の勝利は決まったもので、あとはどうすればコイツが屈服《くっぷく》してくれるのかと、あちこちに叩き付けながら思案する。

何せ伝説のモンスターだ。なまじのことでは降参しないだろう。

『熾光魔竜《レッドエンペラー》』を守る結界は消したので、今なら魔法で大きくダメージを与えることも可能だけど、殺しちゃうのもまずい。あまり傷付けずに、なんとか上手く降参させられないものだろうか。

どうすればいいのかなあ……いい手が思いつかないなあ。

『熾光魔竜《レッドエンペラー》』をブンブンぶん回しながら、僕は必死に考える。


「まいった、お前には敵わん！　我の負けだからもう許せ……」


ん？　あれ？　今のは『熾光魔竜《レッドエンペラー》』の声？　ひょっとして降参してくれたの？

あれだ、クラスメイトが持ってた『念話《テレパシー》』と似てるな。僕の頭に直接語りかけてきたようだ。

僕はぶん回すのをやめて、『熾光魔竜《レッドエンペラー》』を地面へと下ろす。

「キミをテイムしたいんだけど、どうすればいい？」

「我にはもう逆らう気は微塵もない。今その『テイム』とやらを使ってみろ」

僕は言われた通り、『竜族使役』レベル10でテイムをかけてみた。

すると、『熾光魔竜《レッドエンペラー》』と僕の間に、強い絆が繋がったような感覚が発生した。

『熾光魔竜《レッドエンペラー》』が心から忠誠を誓ってくれたのが分かる。

「我はもうお前の忠実《ちゅうじつ》なる従僕だ。あるじ殿よ、これからはなんなりと申しつけるがよい」

「ありがとう。キミのような仲間が欲しかったんだ。ノーマルドラゴンをテイムしに来たんだけど、キミが従僕になってくれるなら何よりも嬉しいよ」

「それにしても、あるじ殿は強い。我の力が何一つ通用せぬとはな。我は数千年生きてきたが、あるじ殿のような人間は初めてだ。『勇者』というヤツなのか？」

「僕は『勇者』じゃないよ」

「なんと、それほどの力を持ちながら『勇者』ではないのか？　しかし、遙か昔に見た『勇者』も強かった」

「『勇者』と戦ったの？」

「いいや、我は『勇者』の戦いを観察していただけだ。面白いヤツだったのでな」

さすが伝説のドラゴン、過去の『勇者』を直接見ているとは。

『魔王』との戦いは知ってるのかな？

「『勇者』と『魔王』の戦いは見た？」

「残念ながらその戦いは見ておらぬ。だが死闘ののち、『魔王』が封《ふう》じられたのは知っておる」

「『魔王』ってどのくらい強いの？」

「そりゃあ魔界を統べる者だ。その力は神の如《ごと》くだ」

「キミよりも強い？」

「『魔王』とは戦ったことはないが、我よりも強いな。とても敵う気はせぬ」

うーん、『魔王』の強さが『熾光魔竜《レッドエンペラー》』とあまり変わりないなら、少しは気が楽になったんだけど、さすがにこんなに弱いわけないか……。

「待て、あるじ殿よ、それは聞き捨てならぬぞ！　我が弱いなどとは心外である。あるじ殿が異常に強すぎるだけだ。それに我より強いドラゴンは地上にはおらぬぞ！」

ありゃ、僕の心の声が聞こえちゃったみたい。『念話《テレパシー》』での会話って、この辺が不便だね。

……あれ、いま地上には『熾光魔竜《レッドエンペラー》』より強いドラゴンはいないって言った？

ならほかの場所にはいるのか？

「ふむ、おるぞ。『魔王』の配下に『始祖《しそ》の竜』がおったはずだ。ヤツは我よりも強い」

『始祖の竜』……？

魔王の配下のドラゴンなら、人間にも化けられるかもしれない。ひょっとしたら、セクエストロ枢機卿の正体がそいつという可能性もあるのか。やはり油断はできないな。

あ……今気付いたけど、『熾光魔竜《レッドエンペラー》』の牙が一本折れてる。

地面にぶつけまくったときに折れちゃったんだな。ちょっと申し訳ないことをした。

「ありがとう。また何かあったら情報を聞かせてもらうよ。そうだ、キミのことをなんて呼べばいい？」

「ほう……我はもう長いこと名を呼ばれたことがないので、忘れかけておったわ。我は『ゼイン』という」

「ゼイン……これから宜しく！」

「我の持てる力をあるじ殿に預ける。好きに使うがよい」

これ以上ない頼もしい仲間ができた。

そうだ、そろそろフォルスさんたちを元に戻してあげないと！　竜語魔法の『呪闇界《カースオブダークネス》』で五感を失ったままだった。

ゼインに効果の解除をお願いしてもいいけど、結界を消すときに使った『虚無への回帰《ヴァニタス・エフェクト》』を試してみたいな。

この魔法で、『呪闇界《カースオブダークネス》』も解除できるんじゃないかな？

「万象原点に帰せ、『虚無への回帰《ヴァニタス・エフェクト》』！」

思った通り『呪闇界《カースオブダークネス》』の効果は消え、フォルスさんたちの五感が元に戻る。

さっきコレに気付いていれば……とも思うが、あの状況じゃ難しかったか。ほかにも色んな効果を消せるみたいなので、今後はこの魔法を試していこう。

「おお!?　元に戻った！　よかった、オレは生きてい……なんだあああっ!?」

「どういうことだ!?　辺りの景色がすっかり変わっちまって……うおおおおっ！」

「いったい何が起こって……げええっ、『熾光魔竜《レッドエンペラー》』っっっ!?」

討伐隊のみんなが、周りの状態を見てビックリしている。

ゼインを振り回してあちこちにぶつけたもんだから、地は崩れ、木々もへし折られ、山の形が変わっちゃってるんだよね。何せ、熾光魔竜《ゼイン》は体長が六十メートルもあるので。

そんな激闘《げきとう》があったんだけど、フォルスさんたちは五感を封じられていたから、音も震動も感じてなかったようだ。

元に戻った途端《とたん》、目の前の景色が激変《げきへん》していたら、そりゃあ驚くだろうなあ。

そしてゼインだ。大暴れしていたヤツが大人しく座っているので、フォルスさんたちはこれ以上ないほどの衝撃を受けている。

伝説の竜だもんね。

「これは……『熾光魔竜《レッドエンペラー》』は何故ワシらを襲わぬのだ？」

「あのう……僕がテイムしました」

「テイム!?　レ、レ、『熾光魔竜《レッドエンペラー》』をををを!?」

討伐隊のみんなは、目を大きく見開き、アゴが外れそうなほど口をあけて驚愕する。

僕は今あった事を詳しく説明した。

◇◇◇

「なるほど……とても信じられぬが、この目の前におる『熾光魔竜《レッドエンペラー》』を見ては、信じるしかあるまい」

フォルスさんは無精髭を撫でながら、ゼインのことを見上げる。

「ノーマルドラゴンですら、テイムに成功するのは数十年に一人という奇跡なのに、まさか『熾光魔竜《レッドエンペラー》』をテイムするとは……」

「実際に見ない限り、誰も信じちゃくれねえだろうな」

最初こそ、おっかなびっくり様子を窺っていたみんなも、すっかりゼインには慣れてくれたようだ。

ちなみに、退避《たいひ》させていたリノたちも、すでにここに呼んで合流している。

「さすがユーリ！　こんな子まで手なずけちゃうなんて！」

「ま、でっかくても、ユーリ殿の敵ではなかったということか」

こんな巨大なドラゴンを目の前にしたら、怯えて近寄ることすらできないのが普通なのに、リノたちはまるで怖がってない様子。

討伐隊の人より肝《きも》が据《す》わっているよ……ホント末恐ろしい女の子たちである。

「少年よ、おぬしは世界の救世主だ。シャルフの言っていた『秘密兵器』とは、おぬしのことであろう？　シャルフがあまりにも大げさに語るものだから、かえってワシは訝《いぶか》しく思ってしまったが、まさかここまでの存在だったとはな」

「フォルスさんは、シャルフ王とお知り合いなんですか？」

「ふん、昔からの戦友というか、腐れ縁《えん》だ。そのヤツが言っておった。『魔王』を超える少年がすでにおるとな」

「いや、まだそこまでは……」

「ワシもヤツの戯言と思っておった。だが、今なら分かる。おぬしこそ人類の希望だとな。おぬしたちがお尋ね者として追われていることも聞いたが、おぬしたちのほうに真実はあろう」

　フォルスさんは、僕の話を全て信じてくれた。ほかの人たちも疑っていないようだ。

「少年よ……ユーリといったか？　これからどうするのだ？」

「まだ特に決めていないんですが、ゼインが仲間になったので、そろそろエーアストに対して宣戦布告も考えています」

「気を付けろ。国家に対する敵対行為は、全世界からの危険分子となる。単純な正義では解決できぬ場合もある。慎重に事を進めるがいい」

なるほど……場合によっては、全世界が敵に回ることも考えられるのか。

そうなると、ヴァクラースたちの思うつぼだな。

本来なら、まずは世界にヴァクラースたちの所業《しょぎょう》を広めて、他国を味方に付けてから動きたいところなんだけど、それを先にヤツらにやられちゃってるんだよね。

後手《ごて》に回っちゃったなあ……

「まあなんにせよ、ワシらもできるだけ力になってやる。困ったことがあれば、いつでも言いに来るがよい」

シャルフ王と同じことを言ってくれた。やはり似たもの同士なんだな。

フォルスさんたちとは、この山頂でお別れすることにした。僕たちは、ゼインの背に乗って帰ろうと思っているからだ。

一応、ゼインのことは内緒にしてもらうように、討伐隊の人たちにはお願いした。

ノーマルドラゴンの死体からは色々と魔道具が作れたので、フォルスさんたちにも渡してあげることに。六頭もいたので、素材にはまったく困らないし。

もちろん、神秘の秘薬『完全回復薬《エリクシール》』も作ってあげた。『完全回復』と言いつつ、フォルスさんの術『不落城砦』でも完全回復できるかは、果たして実際に使ってみないと分からないが。

ちなみに、僕が次々と魔道具を作り出すのを見て、みんな驚くというより少し呆れていたけどね。

僕たちに何度もお礼を告げて、フォルスさんたちは山を下りていった。

今回ゼインを仲間にしたことにより、ドラゴンにも何か愛着が湧《わ》いてきてしまった。

今後はドラゴンに出会っても、情けをかけちゃいそうだな。

それと、折れちゃったゼインの牙を見つけたので、一応拾っておいた。

何かの素材に使えるかもしれないし……と考えたその瞬間、レベルを上げたいスキルを突然ピンと思いついた。

経験値の使い道に悩んでいたけど、『魔道具作製』スキルをレベルアップしてみよう！

これほど素材が豊富にあれば、何か凄い魔道具が作れるかもしれない。ひょっとしたら、『転移石』も作れるかも。

ゼインから逃げようと思ったとき、『転移石』が有れば容易に撤退できてたし、今後何かピンチになっても『転移石』を持っていれば大変心強い。

ほかにも、上位の魔道具はきっと重宝するはずだ。

ということで、現在レベル7の『魔道具作製』スキルを、89億6000万経験値使ってレベル10にした。

　これで『転移石』が作れるかな思ったら……なんとリストになかった。その代わり、『転移水晶』という『転移石』の上位アイテムがある。

　調べてみると、コレは『一度行ったことのある場所』なら、思い浮かべるだけでどこにでも移動できるらしい。つまり、『転移石』のように帰る場所の設定＝ベースポイントがいらないのである。

　ただし、『一度行ったことのある場所』というのは、僕が今よりあとに移動していく場所のことらしい。

　僕がいる座標を自動的に記録《マーキング》してくれて、あとから簡単にそこへ戻れるという仕組みらしいけど、記録《マーキング》するのは現時点以降とのこと。なので、現時点よりも以前＝今までに行ってきた場所に戻れるわけではないらしい。『転移水晶』でエーアストに帰るのは無理ということだ。

　このあとに立ち寄っていく場所には、今後いつでも『転移水晶』で戻れるので、それについては大変便利だけどね。

　一応、使う度に『転移水晶』を消費するけど、通常の水晶石からいくらでも製作できるので、特に問題はない。

　あとは『魔導車』という、魔力で動く馬車みたいなものも作れるらしい。

　アイテムボックスも、一辺が百メートルという超巨大サイズまで作成可能になった。

『複製作成《コピークリエイト》』という、簡単な道具なら複製《コピー》できる能力もある。

離れた場所でも会話ができる『魔導通信機』や、映像が記録できる『魔導映像機《ゲイザー》』、ほか色々と便利な魔道具が作れるようだ。

それと、拾っておいた熾光魔竜《ゼイン》の牙を媒体《ばいたい》として、超絶スゴイ魔装備が製作できた。

なんと『聖剣』だ。それも飛びっきり強力なヤツ！

その名も『冥霊剣《エリュシオン》』。地上最強のドラゴンであるゼインの牙から誕生しただけに、剣に内包されている力はケタ違いだ。

クラスメイトに『聖剣』を作り出す能力――正確には、手に持っている間だけ、通常の剣が『聖剣』に変化するという能力だったけど、そのクラスメイトが生み出す『聖剣』とはランクがまるで違う。

フォルスさんの聖剣『首落としの剣《ファーレンハルス》』もかなりの逸品《いっぴん》だけど、やはり『冥霊剣《エリュシオン》』には到底及ばない。恐らく、パスリエーダ法王国にて保管されている至高《しこう》の聖剣『不滅なる神剣《アーイディオン》』と、並ぶ力を持っていると思う。

この『冥霊剣《エリュシオン》』は斬れ味も天下一品だけど、そのほかに、力を解放することでとんでもない能力も発揮するらしい。解析では、対象エリア内にいる敵対者全員を、各個別ごと『次元牢』に閉じ込めて、直接冥界に送るのだとか。

なんのこっちゃよく分からないけど、力をフル解放したら、一軍を丸々屠《ほふ》れるほどの威力があるみたいだ。

また無茶苦茶な能力だなあコレ。強すぎてどこで使ったらいいのか悩むよ……

ちなみに、ゼインの牙を使って『冥霊剣《エリュシオン》』を量産するのは不可能らしい。同じ『聖剣』は存在できないようだ。

何より、ゼインの牙をまた折っちゃうのは可哀想だからね。一応、牙はまた生《は》えてくるみたいだけど。

ほかにも、ゼインの身体からは魔道具の素材が取れそうだけど、傷付けるのは可哀想だから、自然に落ちたものとかだけ採取しようと思う。鱗とか。

まあ素材はノーマルドラゴンからたっぷり採取したので、当分は困るようなことはないと思う。

『魔道具作製』をレベル10にして本当によかった。

『竜族使役』をレベル10にしたのも含めて、200億近い経験値を惜しみなく使っちゃったけど、想像以上の見返りがあったよ。使った甲斐があったというものだ。

ということで、現在の経験値は119億4000万。また何か大きく使うかもしれないので、このままストックしておこう。

織光魔竜《ゼイン》は、さすがにあの時のヴァクラースより強いと思う。

ただ、ヴァクラースもあれから強くなっているだろうし、真の力を隠している可能性もある。

　さらに、魔王の配下『始祖の竜』は熾光魔竜《ゼィン》以上だというし、セクエストロ枢機卿の正体がその『始祖の竜』かもしれない。

　油断はできないが、しかし、僕はもう充分力を付けた。そろそろ動いてもいいだろう。

　いよいよエーアスト奪還に向けて反撃開始だ！

番外編　少女たちは肉食です

　これは勇者メジェールが、ユーリたち一行に加わった直後の出来事。

「え～っ？　アンタたち、まだ誰もユーリとヤッてないの⁉」

　世界を救う『勇者』とはとても思えない、メジェールの品のない発言が、夜更《よふ》けの部屋に響《ひび》き渡った。

　ここは住処の中にあるリノの部屋。ここにリノ、フィーリア、ソロル、フラウ、メジエールの五人が集まり、深夜の女子会となっている。

「ようやくユーリに会えたと思ったら、そばにアンタたち四人がいたから、とっくに『彼女』の座は奪われたと思ってたわよ。まあでも、アタシは誰が最初とか別にどうでもよくて、最終的にアタシのモノになればOKと思ってたから、張り切ってライバル心燃やしてたのに……！」

メジェールがそう思うのも無理はない。

こんな年頃の男女がずっと一緒に暮らしている上に、全世界から追われる身で、頼れるのはお互い信じ合える仲間だけ。そのまま恋人になるのが自然の流れというものだろう。

そもそもメジェールが住処に入ってみれば、若い女性たちがぞろぞろとたくさんいて、てっきりユーリがハーレムを作っているものだと勘違いしていた。

男の女性関係には寛容《かんよう》なメジェールも、この状況にはさすがにカチンときて、ちょっとユーリをとっちめてやろうくらいの気持ちでいたのだが……詳しく内情を聞いてみれば、誰もユーリとは関係を持っていないとのこと。

安心したというよりも、逆に呆れかえってしまったほどだ。

「んで、なんで誰もヤらないの？」

これまたストレートにメジェールが質問をした。

リノたち四人も奔放《ほんぽう》な性格とはいえ、その遠慮のないあけすけな言葉に、顔を赤らめながら回答する。

「だって……ユーリってば強すぎて、全然隙がないんだもん」

「そうですわ。リノさんの忍術でもわたくしの闇魔法でも、ユーリ様にはまるで通用しませんのよ？」

「オレが力で押し倒そうとしても無理だしな」

「ワタシがヘマをしても、オシオキしてくれマセンし……」

「なんで力ずく前提なのよ。女の武器を使いなさいよ！　色気《いろけ》で迫るのよ！」

メジェールからそう言われ、初めてリノたちはそのことに気が付き、思わずポンと手を叩く。

無理矢理襲うことしか念頭になかったとは、改めて恐るべき少女たちである。

「いい、このアタシがお手本を見せてあげるから、付いてらっしゃい」

「ええっ、今からユーリの部屋に行くの？　こんな時間に？」

「バカね、こんな時間だから行くんでしょ！」

「でもメジェールさん、男性を落としたご経験はあるのですか？」

「ないわよ。ユーリ以外を誘惑したりするわけないでしょ」

「なんだ、オレたちと同じじゃないか。ならアマゾネス直伝《じきでん》の誘惑技を見せてやるから、オレが最初に行ってやるよ」

「待ってクダサイ、こう見えてワタシは四十歳デスよ。皆さんとは経験が違いマス。まずはワタシがお手本を見せましょう！」

偉《えら》そうなことを言っているが、彼女たちは全員男性と交際した経験がない。さらにロクに知識もなく、実はどうやって男性を誘惑すればいいのか、全然知らずに舌戦《ぜっせん》を繰り広げているのだ。

とりあえず裸で抱きつけば、あとはユーリに任せちゃえばなんとかなるだろうと思っている。

「まあとにかくアタシに任せなって！　アタシは『勇者』よ？　あっちのテクだって凄いんだから！　男を無力にするなんて、お茶の子さいさいよ。上手くいったら、アンタたちも部屋になだれ込んじゃいなさい。コレなら恨《うら》みっこなしでしょ？」

テクニックのことなど当然大ウソであるが、このしょーもないハッタリがリノたちお子様には効いた。難攻不落《なんこうふらく》のユーリだったが、『勇者』のメジェールならなんとかしてくれるかも、と信じてしまったのだ。

もうユーリを落とせるなら、どんな状況でも構わないといった意気込《いきご》みである。

実を言うと、彼女たちは全員ユーリの『眷女』になったことによって、精神的にも運命的にも共同体となっている。なので、お互いあまり独占欲《どくせんよく》というモノは湧いてこない。

ユーリと一つになれればそれで幸せなのだ。

メジェールもようやくユーリと合流できたことで、恋する想《おも》いが臨界点《りんかいてん》に達している。

魔王の危機も色々と迫っていることもあり、余計な回り道なんてしているヒマはなく、すぐにも結ばれたいのである。

「じゃあ行くわよ！」

メジェールの頼もしいかけ声につられるように、ほかの少女たちがその背を追う。

こうして、少女たちの長い夜が幕を開けたのだった。

◇◇◇

「ユ～リ～、ねえ起きてるぅ？　ちょっとぉ話があるんだけどぉ……？」

部屋の戸をノックし、普段出したこともないような猫ナデ声でユーリを呼ぶメジェール。

リノたちは、その様子をこっそりと隠れて見守っている。

チャンスがあれば、五人がかりで一気に押し倒す。素早く襲うために、すでにリノたち五人の格好は半裸状態だ。

ゴクリとつばを飲み込みながら、ユーリが出てくるのを待つ少女たち。

「んんーどうしたの？　まさか、至急対応しなくちゃダメなことでも起こったのかい？」

そっと戸を開けた隙間からユーリが顔を覗かせ、寝ぼけ眼《まなこ》をこすりながら、寝起きのダルい口調で返事をする。

それを待ってましたとばかりに、メジェールははだけた胸を強調し、くねくねと身体を揺すりながら、自分が一番セクシーと思う仕草でユーリを誘惑した。

とはいうものの、メジェールの胸は平均よりも少し寂しい状態ではあるのだが。

「うふぅんユーリ、ずっと会いたかったんだよ。寂しくて眠れないから、今夜は一緒にいてイイ？」

「だめ。眠れないならリノたちに相談して。僕は眠いから寝る。おやすみ」

メジェールのあられもない姿（本人の限界）に一切目を留めることなく、バタンと戸を閉めるユーリ。

そのあまりの素《そ》っ気《け》なさに、思わず目が点になったまま、メジェールはその場に立ち尽くす。

彼女は自分の容姿にそこそこ自信があったので、まさかまるで反応してもらえないなんて、そのプライドに大きく傷が付いた。

――このアタシがこんな格好でセクシーポーズを決めてるのよ？　少しは慌ててくれてもイイじゃない！　そ、その格好どうしたの？　って顔を赤らめるのが礼儀《れいぎ》ってもんでしょ！

――いやそれどころか、この場に押し倒してくれちゃってもよかったのに、いったいコレはどういうこと!?

メジェールの怒りが頂点に達した。

「ユーリ、アンタねえっ、女の子がここまでしてるってのに、なんなのその態度⁉　アッタマきた！」

メジェールはアイテムボックスから剣を取り出し、ドラゴン相手にも出したことないような全力で、ユーリの戸を破壊しようと斬りつける。

……が、強靭な結界に阻《はば》まれ、扉には傷一つ付かなかった。

「な……なんなのこの結界⁉　『試練の洞窟』でどんな強力な結界があっても、アタシは打ち破ってきたのよ？　『眷女』にしてもらって、アタシのステータスはレベル６００相当にもなってるっていうのにっ！」

「だからさっき、力ずくじゃユーリは襲えないって言ったでしょ……」

「あのねー、そうは言ったってここまでする？　アンタたちどれだけ警戒されてるのよっ⁉」

封印や結界を解除する力に関しては、メジェールは人類最強と言ってもいい。

その力を持ってしても、ユーリの結界は一切破れなかった。

「はあはあ……分かったわ。こうなったら、もう手加減しない！　次に戸が開いたら、有無を言わさず全員全力で飛び込むわよ！　問答無用で襲ってやるんだから！」

「でも、あんまり無茶すると、一緒に寝てるルクちゃんが邪魔するんじゃ……？」

「ルクだって女の子、アタシたちの気持ち分かってくれるわよ！」

「計画は分かりますが、ユーリ様はわたくしたちのことを警戒して、トイレにも滅多に行かないんですのよ？」

「さっき戸を開けてくれたのも、奇跡みたいなものデスからね。ワタシたちでは、ご主人様は絶対に開けてくれマセンから」

「寝起きに襲おうとしても、ユーリ殿は誰よりも早起きだから、オレたちが起きる頃には身支度《みじたく》が終わってるしな」

「アンタたち、もっと早起きしようとは思わないの？」

「だぁってえ……寝たら起きるのがつらくってぇ」

「王族の朝はゆっくりですのよ」

「よく寝ればよく育つ。それがアマゾネスの特徴だ」

「エルフは長寿だから、寝る時間も長いのデス」

「分かった！　じゃあ眠らずに朝までここで粘《ねば》るわよ。トイレでもなんでも、戸を開けた瞬間絶対に押し入ってやる！　みんな、いいわね⁉」

「「「「ええ〜？　……はい、分かりました」」」」

メジェールのわがままに、無理矢理付き合わされる少女たち。これにはイザヤたちも相当苦労させられたものだが、ユーリの仲間となっても、その傍若無人《ぼうじゃくぶじん》ぶりは健在《けんざい》だ。

それにしても、自分たちはお尋ね者なうえ、世界に魔の手が迫っているというのに、なかなかのんきな少女たちだ。しかし、ぶっちゃけたところ、彼女たちには恋愛が全てなのである。

究極的なことを言ってしまえば、世界を救うよりも恋愛が大事。それは、この年頃――十代の少女特有のエゴだ。

もしくは、これから魔王軍との戦いを生き抜くためにも、愛する人との絆が欲しい。好きな人と一つになれたら、どんな苦難《くなん》があっても乗り越えていける。そういった想いだろう。

実際、ユーリともっと気持ちが繋がることにより、少女たちはさらなる力を手に入れられるはず。

しかし、ませた彼女たちに比べ、ユーリはまだ純朴《じゅんぼく》な少年だ。恋愛思考の成長は遅い。もちろん恋愛意識がないわけじゃないが、ヴァクラースたちやエーアストのことで頭がいっぱいなのだ。

次にもし自分が負ければ、この世界はきっと終わってしまう。

勇者を救う『生命譲渡《サクリファイス》』がない以上、自分が全て背負うしかない。

そして、何があっても、少女たちを絶対に守り切る。

　そういう思いで日々過ごしている。だから、あまり恋愛には意識がいかない。

　また、これは余談ではあるが、ユーリはかつて山賊に囚われていた女性たちにもかなりきわどい誘われ方をしている。

　成熟した女の色気を目一杯使った誘惑と比べ、リノたちの行為はあまりに拙い。

　日頃からその手のことにすっかり慣れたユーリには、おぼこい少女の誘いなど、もはやからかってる程度にしか感じなくなってしまった。

　リノたちは相手が悪かったとしか言いようがない。

　もちろん、彼女たちには年相応の清純《せいじゅん》で甘酸《あまず》っぱい武器というモノがあるのだが、肉食な彼女たちは、一切その発想には至らないのだった……

◇◇◇

「そろそろユーリも起きる頃よ。ほらリノ、フィーリア、シャキッとして！」

「ん～眠い……もう限界」

「わたくしも、これ以上は起きていられませんわ……」

「あとちょっとの我慢でしょ！　フラウを見てごらんなさい、バッチリ目を開けて頑張ってるじゃないの！」

「……いや、コイツ目を開けたまま気絶してるだけだぞ」

「な、なんなのこのエルフ、なんて器用なの⁉」

「コイツはこういうヤツなんだよ。図太《ずぶと》いんだか繊細《せんさい》なんだかよく分からねえ」

メジェールがフラウのほっぺをツネって無理矢理起こす。

「は、はひ～、らいじょうぶれす。ワタシは寝てませんデスヨ？」

お互いが頬をツネりあって、なんとか眠気《ねむけ》に耐える中、ついにそのユーリの戸が開いた。

ユーリが起きた気配は、すでにリノもメジェールも感知していただけに、戸に隙間ができた瞬間、メジェールが無理矢理開いて中に押し入った。次《つ》いで、リノたちも力ずくで飛び込んでいく。

勢いそのままユーリをベッドに押し倒して、着ていた寝間着《ねまき》を剥《は》ぎ取る。

その手際《てぎわ》、眠気の限界がきた少女たちのモノではなかった。

「さあユーリ、大人しくしなさいっ！　もう逃げられないわよっ！」

「ぐひひ、ユーリ殿、観念しろ！」

「ユーリ、優しくしてあげるから怖がらなくてイイよ、私たちに任せて」

「ご主人様、こんな悪い子なワタシにオシオキしてクダサイ！」

「ユーリ様、みんなで一つになりましょ……ああ、やっと子作りができますわ」

「こんな美少女軍団に襲われることを光栄に思いなさいよね……って、ナニよコレッ⁉」

「そ、そんな……いったいどういうことですの!?」

寝間着を引きちぎるように剝ぎ取った少女たちは、裸のユーリを見て驚愕した。

ない……ないのだ。その、男性のシンボルが。

ユーリの股間《こかん》は、つるつるの素肌だったのである。

「待って……あれ？　どうすればイイのよコレ？」

「えっと、私も初めてだから、よく分からないんだけど？」

「おかしいな、アマゾネス仲間から聞いた話じゃ、ここに何かが付いてるらしいんだが？」

「わたくしも、噂で聞いていたのとは違うような気が……」

「ワタシは山賊のボスのアレを見マシタが、スゴイのが付いてマシタよ？」

リノたちは一応父親のモノを見てはいるが、普段がどうなってるのかを知らない。アマゾネスのソロルに至っては、これまで一切男性と接触したことがなかったので、部族の先輩から教わった程度の知識しかない。

なので、少女たち全員、この想定外の状況にただただ戸惑っている。男のアレって、ひょっとして身体の中に引っ込めることができるのかなと、変な勘違いまでしていた。

色々とエッチなことをしているうちに、ニョキニョキっと生えてくるのかしら？

少女たちがそんな間抜《まぬ》けなことを考えていると、ふと何もない空間から不意に言葉が。

「喪心《そうしん》せよ、『魂心休眠《ソウルブレイク》』！」

ほかに誰かいる！　……少女たちがそう認知しかかったところで、全員意識がなくなった。

その場に倒れ込み、裸のユーリに覆い被《かぶ》さるような格好で爆睡《ばくすい》する少女たち。

その何もない空間にいたのは……ユーリだった。


実はユーリは、『領域支配』で少女たちの気配を感じ取っていた。小声とはいえ、あんなに喋《しゃべ》っていては気付かれるのも当然である。

力ずくで突破《とっぱ》するのは簡単だが、朝からそんな手荒なことはしたくない。それに、どうやらリノたちは、一晩中部屋の前にいたようだと察する。

どうしたものかと思案した末、出した答えが、彼女たちをそのまま眠らせることだった。

ただ、『勇者』であるメジェールを状態異常にさせるのは、並大抵のことでは不可能だ。なので、罠を仕掛けて意表を突く作戦に出た。

ユーリは『神遺魔法《ロストマジック》』にある透明化魔法で姿を消し、そして同じく『神遺魔法《ロストマジック》』で『分身体《レプリケーション》』を作り、その分身にドアを開けさせたのだ。

『分身体《レプリケーション》』は幻術などではなく、ちゃんと実体もある。そのため様々な行動をさせることが可能だ。

分身で作った身体には多少手を加えられるので、服を脱がないと見えない部分は省略《しょうりゃく》しておいた。

そこまで正確に再現する必要はないし、まさか裸にされることもないだろうと、タカをくくっていたユーリだったが……

いざ戸が開いてみれば、入ってきた少女たちが野獣のように分身体を襲ってきたので、ユーリは思わず震え上がった。

ユーリとしては、もしそういう状況になったとしたら、ロマンチックな雰囲気で静かに進むと思っていたので、もはやトラウマものの悲劇《ひげき》である。

自分の身体を忠実に再現しなくてよかったと、心の底から安堵するユーリだった。

ちなみに、『分身体《レプリケーション》』はユーリのステータスも丸々コピーしているので、それなりに強い。同時に十体まで製作も可能だ。

ただし、ユーリが持っている魔法やスキルまではコピーできないので、単純に基礎能力が高いだけとなる。それでもベースレベルが999なので、恐らくSSSランクとも互角以上に戦えるだろうが。

少女たちを眠らせた『魂心休眠《ソウルブレイク》』も、これまた『神遺魔法《ロストマジック》』の一つである。

『勇者』メジェールを眠らせるには、ここまでの魔法を使わねばならなかった。それも、不意を突いたうえで、しかも徹夜《てつや》で眠気たっぷりの状態でなければ、メジェールは眠らせられなかっただろう。

リノは感覚を研ぎ澄ませていれば、ユーリの小声の詠唱に気付いただろうが、興奮しすぎて五感が働いてなかったようである。

『神遺魔法《ロストマジック》』を三連発も使ったおかげで、ユーリはとんでもないMPを使わされたわけだが、後悔のない一戦だった。

「はぁ～、メジェールと合流できたのは嬉しいけど、これからは毎晩こんな調子になるのかなあ……先が思いやられるな。ルク、お前はこんなことしないよね？」

「ンガーオ！」

「ああルクがいてくれて本当によかった。心が安まるよ……」

ユーリは眠っている少女たちを各部屋に運び、本日の活動を休止とした。

少女たちはあまりの不可解《ふかかい》な出来事に、全員同じ夢を見たと勘違いしている。なので、まだ襲撃を諦めてはいない。

ユーリと少女たちで、しばらくはこんな攻防が続くのだった……

あとがき

この度は、文庫版『無限のスキルゲッター！ 2　毎月レアスキルと大量経験値を貰っている僕は、異次元の強さで無双する』をお手に取っていただき、誠にありがとうございます。作者のまるずしです。

さて、この2巻ですが、主人公ユーリの成長が見どころの一つになると思います。

1巻ではまだまだ未熟なユーリでしたが、2巻からは暴力的とも言えるケタ外れの経験値と、そして女神様から授かる超強力なスキルで、モリモリ強くなっていきます。

まさにチートの本領発揮《ほんりょうはっき》で、最強へと進化したユーリは、『オレつええ』小説の醍醐味《だいごみ》である無双を開始します。彼らが進む先には様々な苦難が待ち受けていますが、ユーリたちの活躍に是非ご期待ください。

今回『無限のスキルゲッター！』のヒロインに、新たに二人の子が加わりました。

本作のヒロインは、わがままメジェールにストーカーのリノ、ヤンデレのフィーリアと一癖《ひとくせ》ある子が多いのですが、新たに加わった暴れん坊ソロルとドジっ子フラウも負けず劣らずの問題児です。

女難に悩まされるユーリも本作の見どころと思っていますので、そのあたりも楽しんでいただけたら嬉しいです。

2巻では衝撃の事実――『勇者』が真に覚醒するためには、ユーリの命が必要だったということも明かされました。つまり、魔王を倒すために世界でただ一人、必ず死ぬ運命をユーリは背負っていたということです。

しかし、ご存じの通りユーリの『生命譲渡《サクリファイス》』はなくなってしまったわけで……彼らが今後どういう運命を辿っていくのかにも注目していただければと思います。

3巻以降もユーリは異次元に強くなっていき、そしてヒロインも無限に増えていきますので(ウソです)、楽しみにお待ちください。漫画家の海産物先生によるコミカライズ版も、どうぞよろしくお願いいたします。


最後になりますが、本作を刊行するにあたりご尽力いただいた関係者の皆様、そして素晴らしいイラストを描いてくださった中西達哉先生に、心より感謝いたします。

読者の皆様と次巻でもまたお会いできれば幸いです。

二〇二四年一月　まるずし

「銀座編」大好評発売中！
累計700万部突破！
(電子含む)
ゲートSEASON1～2
大好評発売中！
コミックス
最新24巻
大好評発売中！
SEASON1　陸自編
単行本
文庫
漫画
漫画：竿尾悟
●本編1～5／外伝1～4／外伝+
●各定価：本体1,870円(10%税込)
●本編1～5〈各上・下〉／
外伝1～4〈各上・下〉／外伝+〈上・下〉
●各定価：本体660円(10%税込)
●1～24(以下、続刊)
●各定価：本体770円(10%税込)
SEASON2　海自編
単行本
文庫
最新5巻
〈上・下〉
大好評発売中！
●本編1～5
●各定価：本体1,870円(10%税込)
●本編1～5〈各上・下〉
●各定価：本体660円(10%税込)

ネットで人気爆発作品が続々文庫化!

アルファライト文庫 大好評発売中!!

何の能力も貰えずスタートとか
俺の異世界生活ハードすぎ!…って思ってたけど、
神様からのお詫びチートで
超楽勝《イージーモード》になりました。

異世界召喚されたら無能と言われ追い出されました。1〜2

〜この世界は俺にとってイージーモードでした〜

WING illustration クロサワテツ

考えるだけでスキルができちゃう 神様からの詫びスキルで異世界を簡単攻略!?

ある日突然、クラスまるごと異世界に勇者召喚された高校生、結城晴人。彼のステータスに勇者に与えられる特典のギフトどころか勇者の称号すらも無いことが判明すると、晴人たちを召喚した王女は、彼のことを追い出してしまった。しかも街を出て早々、王女が差し向けた騎士によって、晴人は殺されかける——。前代未聞の難易度激甘ファンタジー、待望の文庫化!

文庫判　各定価：671円(10%税込)

アルファライト文庫

この作品に対する皆様のご意見・ご感想をお待ちしております。

おハガキ・お手紙は以下の宛先にお送りください。

【宛先】

〒150-6019 東京都渋谷区恵比寿 4-20-3 恵比寿ｶﾞｰﾃﾞﾝﾌﾟﾚｲｽﾀﾜｰ 19F
（株）アルファポリス　書籍感想係

メールフォームでのご意見・ご感想は右のＱＲコードから、
あるいは以下のワードで検索をかけてください。

アルファポリス　書籍の感想　検索

ご感想はこちらから

本書は、2021年6月当社より単行本として
刊行されたものを文庫化したものです。

無限《むげん》のスキルゲッター！ 2

毎月《まいつき》レアスキルと大量経験値《たいりょうけいけんち》を貰《もら》っている僕《ぼく》は、異次元《いじげん》の強《つよ》さで無双《むそう》する

まるずし

2024年 1月 31日初版発行

文庫編集－中野大樹／宮田可南子
編集長－太田鉄平
発行者－梶本雄介
発行所－株式会社アルファポリス
〒150-6019東京都渋谷区恵比寿4-20-3恵比寿ガーデンプレイスタワー19F
TEL 03-6277-1601（営業） 03-6277-1602（編集）
URL https://www.alphapolis.co.jp/
発売元－株式会社星雲社（共同出版社・流通責任出版社）
〒112-0005東京都文京区水道1-3-30
TEL 03-3868-3275
装丁・本文イラスト－中西達哉
文庫デザイン—AFTERGLOW
（レーベルフォーマットデザイン－ansyyqdesign）
印刷－中央精版印刷株式会社

価格はカバーに表示されてあります。

落丁乱丁の場合はアルファポリスまでご連絡ください。

送料は小社負担でお取り替えします。


ISBN978-4-434-33297-5 C0193